Name
ガリル
∞
Name
シベア
∞
Name
ワイン
∞
——定期魔導船にて

Name
リルナーザ
∞
Name
サベア
∞
Name
スベア
∞
Name
ソベア
∞

「うむ」
「じゃあ、早速忍び込みましょうかぁ」
Name
金髪勇者
∞
Name
ヴァランタイン
∞
Name
ツーヤ
∞
——“魔神隠し”の噂を追って

DEF
AGI
MP
Lv2からチートだった
元勇者候補の
まったり異世界ライフ10
著 鬼ノ城ミヤ イラスト 片桐

Characters

Chillin Different World Life
of the EX-Brave Candidate was Cheat from Lv2

フリオ

フリース雑貨店を営む
元勇者候補。

リース

牙狼族でありフリオの妻。

エリナーザ

フリオとリースの娘。
フリオのことが好き。

ガリル

フリオとリースの息子。
姫女王のことが気になっている。

リルナーザ

エリナーザの妹。
サベアや魔獣達に懐かれている。

ワイン（人族の姿）

ハイスペックだが
大食いな居候。

ヒヤ

光と闇の根源を司る魔人。

ダマリナッセ

精神世界で修練中の
暗黒大魔導士。

ベラノ

無口で人見知りの
小動物的教師。

ベラリオ

ミニリオとベラノの子供。

ブロッサム

農作業に精を出す元剣士。

テルビレス

神界を追われたお酒好きな駄女神。
ホクホクトンの家に居候中。

llin Different World Life of the EX-Brave Candidate was Cheat from Lv2

Characters

Chillin Different World Life
of the EX-Brave Candidate was Cheat from Lv2

ゴザル

史上最強と言われる元魔王。

ウリミナス

ゴザルの妻にして
魔王時代の側近。

バリロッサ

ゴザルの妻である元騎士。

フォルミナ

ゴザルとウリミナスの娘。

ゴーロ

ゴザルとバリロッサの息子。

カルシーム

元魔王代行でチャルンと共に
フリオ家に居候中。

チャルン

カルシームの妻となった魔人形。
お茶を淹れるのが得意。

ラビッツ

カルシームとチャルンの娘。
カルシームの頭の上がお気に入り。

スレイプ（人族の姿）

元魔王軍四天王の一人。
ビレリーと同棲中。

ビレリー

スレイプと同棲中の元弓士。

リスレイ

スレイプとビレリーの娘。

エリー（姫女王）

正義感が強い苦労人で
魔法国の女王。

Chillin Different World Life of the EX-Brave Candidate was Cheat from L

Characters

Chillin Different World Life
of the EX-Brave Candidate was Cheat from Lv2

金髪勇者

勇者なのに魔法国から
指名手配中。

ツーヤ

金髪勇者と共に逃避行中。
お財布の中身が心配。

ヴァランタイン

邪界十二神将の妖艶な魔人で
見た目に反して大食い。

ドクソン

ゴザルの弟にして
仲間想いな新魔王。

フフン

ドクソン側近の
ドMサキュバス。

ベリアンナ

口は悪いが妹想いの
悪魔人族。

アイリステイル

ガリルの同級生で
ベリアンナの妹。

サリーナ

ガリルの同級生。
ガリルに気があるようで……？

タニア

記憶を失ったフリオ家の
押しかけメイド（神界の使徒）。

グレアニール

フリース雑貨店で働く魔忍族。

闇王

元魔法国の国王にして
闇商会の会長。

サベア（一角兎の姿）

フリオ家のペット。
一角兎のシベアとつがいに。

シベア

サベアのお嫁さんの一角兎。

スベア

サベアとシベアの子供。
ややツリ目気味の一角兎。

セベア

サベアとシベアの子供。
可愛い目つきが特徴。

ソベア

サベアとシベアの子供。
一角兎だが、体毛の色は狂乱熊。

llin Different World Life of the EX-Brave Candidate was Cheat from Lv2

Level 2～

Lv2からチートだった元勇者候補のまったり異世界ライフ 10

Contents

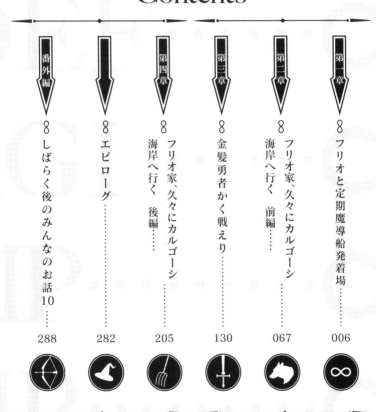

Chillin Different World Life of the EX-Brave Candidate was Cheat from Lv2

第一章 ∞ ……フリオと定期魔導船発着場…… 8

クライロード世界——。
剣と魔法、数多《あまた》の魔獣や亜人達《たち》が存在するこの世界では、人族と魔族が長きにわたり争い続けていた。

その長きにわたった抗争も、人族最大国家であるクライロード魔法国の姫女王と魔王ドクソンの間に休戦協定が結ばれたことにより両国内には平穏な日々が続いていた。

魔王ドクソンによる対話路線により多くの魔族が再び魔王軍の傘下に入っていた。

しかし、力こそ正義との考えを改めない魔族との間に軋轢《あつれき》が生じ、同時にいくつかの問題が発生しており、魔王ドクソンはその解決のために奔走する日々を送っていた。

一方、クライロード魔法国の姫女王は、魔王ドクソンに反旗を翻している魔族達による襲撃への対応に加え、周辺国家との協調体制を維持すべく第二王女とともに外交対応を行いつつ、第三王女とともに内政改革に着手していた。さらには、各国から同時に厄介な申し出も届いており、姫女王はその対応にも苦慮する日々を送っていた。

この物語は、そんな世界情勢の中ゆっくりと幕を開けていく……

◇ホウタウの街・フリース雑貨店◇

人族世界最大国家、クライロード魔法国。

その広大な領土の中央に位置する王都クライロード。そこから遥《はる》か西方に位置しているホウタウの街は、魔王軍との戦場から遠方であったことに加え、西方諸国との交易路の要衝として、辺境とは思えない発展を続けていた。

フリオ一家は、そんなホウタウの街の郊外に居を構え、街中の空き店舗を買い取り、フリース雑貨店として営業を続けていた。

この日、そのフリース雑貨店の周囲には多くの人々が集まっていた。

試験運行を繰り返していた定期魔導船が、この日より正式に就航することになり、その就航記念式典が間もなくはじまろうとしていた。

「……最初は簡単に済ませようと思っていたんだけど……まさか、こんな大事《おおごと》になるなんて思っていなかったなぁ」

店内から外の様子を確認しながら、フリオはその顔に苦笑を浮かべていた。

――フリオ。

勇者候補としてこの世界に召喚された別の異世界の元商人。

召喚の際に受けた加護によりこの世界のすべての魔法とスキルを習得している。

今は元魔族のリースと結婚しフリース雑貨店の店長を務めている。一男二女の父。


そんなフリオの下に、ヒヤが歩み寄った。


――ヒヤ。

光と闇の根源を司《つかさど》る魔人。

この世界を滅ぼすことが可能なほどの魔力を有しているのだが、フリオに敗北して以降、フリオのことを『至高なる御方《おんかた》』と慕い、フリオ家に居候している。


「至高なる御方……恐れながら申し上げますが、これは当然の結果であると愚考いたします」

「当然……かい？」

「はい。遥か昔に失われた技術《テクノロジー》である魔導船を現世に復活させただけでなく、その量産に成功し、さらにそれを下々の者達の足として活用出来るようお与えになられるのです。この前人未踏の偉業、本来であれば全人族による喝采をもって称《たた》えられるべきかと」

ヒヤはその顔に恍惚《こうこつ》とした表情を浮かべながら、一気にまくしたてる。

（……いつも冷静なヒヤがここまで感情を露《あら》わにするなんて……これって、そんなにすごいことなんだなぁ……)

改めて窓の外へ視線を向けるフリオ。

その視線の先には、フリース雑貨店の隣に新設されたばかりの魔導船の発着場があった。

木造二階建ての発着場には、建物の三倍ほども高さがある塔があり、その塔の先に魔導船が停泊している。

建物の周囲には赤と白のロープが巻かれており、大きな花輪がいくつも並んでいた。

馬車が到着する度に人の数が増しており、街に通じる街道には馬車が長蛇の列を成している。

「今回の定期魔導船の就役式も、本当はホウタウの街でいつもお世話になっている人達だけ招いて行うつもりだったんだけど……」

フリオが苦笑していると、部屋の扉が開き、リースが姿を現した。


――リース。

元魔王軍、牙狼《がろう》族の女戦士。

フリオに破れた後、その妻としてともに歩むことを選択した。

フリオのことが好き過ぎる奥様でフリオ家みんなのお母さん。


「旦那様、まだこんなところにいらしたのですか？　間もなく式典が始まりますわ、早く準備をしてくださいませ」

「え？　い、いや、準備といっても、もう……」

「まぁ!?　まさかその格好で式に出席なさるおつもりなのですか！」

フリオの言葉に目を丸くするリース。

そう言っているリース自身は、いつものワンピース姿ではなく、白を基調とした豪奢《ごうしゃ》なドレスに身を包んでいた。

「昨夜、式典用の服をお渡ししたではありませんか！　何故《なぜ》あれを着てくださらないのですか？」

「あ、い、いや、その……」

リースの言葉に、思わず後退《あとずさ》りながら壁に視線を向けるフリオ。

（……リースが作ってくれた式典用の服だけど……）

その視線の先には、リースが作成した式典用の服が掛けられていたのだが、襟が異常に大きく、肩に髑髏《どくろ》の装飾が装着され、漆黒のマントが装着されており、完璧に魔族仕様の仕上がりになっていたのだった。

（……さすがに今日は人族の人相手の式典なわけだし、これはちょっと……）

フリオが苦笑していると、部屋の中に新たにウリミナスが入って来た。

——ウリミナス。

魔王時代のゴザルの側近だった地獄猫族《ヘルキャット》の女。

ゴザルが魔王を辞めた際に、ともに魔王軍を辞め亜人としてフリース雑貨店で働いている。

ゴザルの妻の一人で、フォルミナの母。


「フリオ殿、ニャにしてるニャ？　そろそろ式典がはじまるニャ……って、ニャ、ニャんニャのさ、この服ってば!?」

壁にかけられている服を見るなり、目を丸くするウリミナス。

「ちょっとウリミナス！　私が旦那様のために気合い入れて作った服に何か文句でもあるっていうの？」

ウリミナスの反応に、少し頬を膨らませるリース。

「も、文句もニャにも……今日の式典は人族相手ニャのはわかってるのかニャ？　そこに、こんな魔族仕様の服を着て行ったら、みんなドン引きするニャ。そもそも、この肩の髑髏も本物の骨を使っているみたいニャし」

「その骨は先日旦那様と一緒に共狩り《デート》した際に仕留めたマンティライオンの頭蓋骨を使用しているのですが……そうですか、今日の式典には不向きですか……」

ウリミナスの言葉で納得したのか、新しい服を取りに行こうと出口へ向かうリース。

そこに、ゴザルが入ってきた。

――ゴザル。

元魔王ゴウルである彼は、魔王の座を弟ユイガードに譲り、人族としてフリオ家の居候となって暮らすうちに、フリオと親友といえる間柄になっていた。

今は、元魔王軍の側近だったウリミナスと元剣士のバリロッサの二人を妻としている。

フォルミナとゴーロの父でもある。


「うむ、そろそろ式典がはじまるのでフリオ殿を呼びに来たのだが、リースよどうかしたのか？」

「式典用に服を準備しておいたのですが、どうも今日の式典にはふさわしくないみたいですので、別の服をとってこようと思いまして」

「うむ？　ふさわしくないというのは、あの服のことか？」

リースの言葉に首をひねりながら、壁にかけられている服を指さすゴザル。

「うむ、あの襟の立ち具合といい、魔素を纏《まと》わせた漆黒のマントといい、何より、肩に装飾されているマンティライオンの頭蓋骨が素晴らしいではないか。何故、これではいかんのだ？」

「でしょ！」

ゴザルの言葉に、パァッと表情を明るくするリース。

そんな二人の様子に、表情を強《こわ》ばらせるフリオとウリミナス。

（……し、しまった……ご、ゴザルさんをこの話に加えたら……）

（……話がめんどくさくなるニャ……！）

そんな二人の予想通り、

「旦那様！　やっぱりこの服でまいりましょう！　さぁ、すぐに着替えてくださいな！」

リースは満面に笑みを浮かべると、魔族仕様の服を改めてフリオに勧めてくる。

その横で、ゴザルも満足そうに頷《うなず》いていた。

「い、いや、ですから今日の式典には……」

「今日の式典には駄目ニャって言ってるニャ！」

そんな二人を、必死になって説得するフリオとウリミナス。


その後、フリオとウリミナスが、リースとゴザルをどうにか説得するのに、数十分の時間を必要としたのだった。

◇しばらく後◇
フリース雑貨店の隣に新設されたばかりの定期魔導船発着場。

その正面入り口の横に、豪華な式台が設置されていた。

「……ふぅ、想定を遥かに超えた来場者が訪れたために少々焦ってしまいましたが、どうにか準備が間に合ったようでございますね」

式台の隣で、タニアが額の汗を拭っていた。


――タニア。

本名タニアライナ。

神界の使徒であり強大な魔力を持つフリオを監視するために神界から派遣された。

ワインと衝突して記憶の一部を失い、現在はフリオ家の住み込みメイドとして働いている。


フリオ家のメイドを務めているタニアは、大挙して押し寄せてくる来客達のために、
・椅子を木材から切り出して作成
・周辺の荒れ地を会場として使用するため整地
・飲み物や食べ物の追加準備
これらの作業を、目にも留まらぬ速度で片づけたのであった。

会場の様子を満足そうに見回しているタニアの横に、バリロッサ・ブロッサム・ビレリー・ベラノの四人が、呆然《ぼうぜん》としながら立っていた。

――バリロッサ。

元クライロード城の騎士団所属の騎士。

今は騎士団を辞め、フリオ家に居候しながらフリース雑貨店で働いている。

ゴザルの妻の一人で、ゴーロの母。


――ビレリー。

元クライロード城の騎士団所属の弓士。

今は騎士団を辞めてフリオ家に居候している。馬の扱いが上手《うま》い特技を生かし、馬系魔獣達の世話をしながら、スレイプの内縁の妻・リスレイの母として日々笑顔で暮らしている。


――ブロッサム。

元クライロード城の騎士団所属の重騎士。

バリロッサの親友で、彼女とともに騎士団を辞めてフリオ家に居候している。

実家が農家だったため農作業が得意で、フリオ家の一角で広大な農園を運営している。


――ベラノ。

元クライロード城の騎士団所属の魔法使い。

小柄で人見知り。防御魔法しか使用出来ない。

今は騎士団を辞め、フリオ家に居候しながらホウタウ魔法学校の教師をしている。

ミニリオと結婚し、ベラリオを産んだ。


「……わ、私達も何か手伝いをしようと思っていたのだが……」

「……な、なんかさ……タニアがすっげぇ勢いで動き始めたと思ったら……」

「……あっという間に、全部終わっていたのですぅ……」

「……（啞然《あぜん》としたまま立ちつくしている）」

その場に立ちつくしたまま、式台を見つめている四人。

そんな四人の前に、タニアが歩み寄った。

「これくらいの作業に、皆様のお手を煩わせることはございません。これも、フリオ家のメイドである私の職務の一環でございますゆえ。では、私はゲストの方々のご案内に参りますのでこれにて失礼いたします」

タニアは恭しく一礼すると、足早にその場を立ち去っていく。

そんなタニアの後ろ姿を、見送っている四人。

そこに、スレイプとリスレイが歩み寄ってきた。

――スレイプ。

元魔王軍四天王の一人。

魔王軍を辞し、フリオ家に居候しながら馬系魔獣達の世話などを行っている。

内縁の妻に迎えたビレリーと一人娘のリスレイを溺愛している。


――リスレイ。

スレイプとビレリーの娘で、死馬《しば》族と人族のハーフ。

しっかり者でフリオ家の年少組の子供達のリーダー的存在。


「ママ、ゴーちゃんママ、ベラちゃんママ、ブロッサムさん、そろそろ式がはじまるよ。アタシ達の席はあっちだって」

「うむ、早く席についておかぬと、ヒヤのヤツにドヤされるぞ。『至高なる御方の晴れ舞台の開始を遅延させるつもりですか』とか言ってな」

楽しそうにガハハと笑うスレイプ。

そんなスレイプの肩を、背後から叩《たた》く手が現れた。

スレイプの背後の空中に出現した暗黒の魔法陣の中から伸びているその手。

やがて手、肩、体の順に魔法陣の中から出現してくる。

「あのさぁ、そこまでわかってるんだったら、とっとと席についてくれないかな？　こんなことでヒヤ様の手を煩わせたくないんだよね」

ほどなくして、魔法陣の中から全身を露わにしたダマリナッセが、その顔に悪戯《いたずら》っぽい笑みを浮かべながらスレイプの肩に手を置いていた。

――ダマリナッセ。

暗黒大魔法を極めた暗黒大魔導士。

ヒヤに敗北して以降、ヒヤを慕い修錬の友としてヒヤの精神世界で暮らしている。

「うむ、まぁ、そういうことじゃ！　さぁ、行くとするか」

「は～い」

スレイプの言葉に、笑顔で返事を返すビレリー。

そのままスレイプの下に駆け寄り、その腕に抱きついていく。

「ホント、パパとママっていっつもラブラブだよねぇ」

そんな二人の様子に、思わず苦笑するリスレイ。

「何を言うか！　ワシはビレリーだけではなく、お前のこともラブラブだぞ！」

そう言うが早いか、スレイプがリスレイを豪快に抱き上げる。

「ちょ!?　ちょっとパパ!?　や、やめてよ、恥ずかしいってば!?」

思わず顔を真っ赤にするリスレイ。

それもそのはず……リスレイ達の周囲には、今日の式典の参加者が多数集まっており、その人達の視線を一身に集めていたのである。

「はっはっは、愛しておるぞリスレ～イ！」

しかし、そんなことお構いなしとばかりにリスレイを持ち上げ続けるスレイプ。

「ちょ、だからやめてってば!?　は、恥ずかしいってば!?　みんな見てるってば!?」

そんなスレイプに持ち上げられながら、顔を真っ赤にしているリスレイ。

「はっはっは、相変わらず子煩悩じゃな、スレイプよ」

そこに、一人の男が歩み寄ってきた。

クライロード騎士団の鎧《よろい》を身につけているその男。

一般兵の鎧より一段上の豪奢な鎧を身につけているその男は、歴戦の傷が刻まれている顔に無骨な笑みを浮かべながらスレイプの下に歩み寄っていく。

「なんじゃ、誰かと思ったらマクタウロではないか」

リスレイを抱き上げたまま、ニカッと笑みを浮かべるスレイプ。


――マクタウロ。

クライロード騎士団の団長として常に最前線で戦っていた歴戦の猛者。

スレイプとも、何度も剣を交えた経験があり、今では強敵《とも》として付き合っている。


「お主も今日の式典に参列しに来たのか？」

「ワシがってわけじゃない。姫女王様が出席なさるのでな、その護衛の任務を仰せつかったわけじゃ」

「そうか。なら、式典が終われば用済みじゃの？　ならば後で酒でも飲まぬか。久々じゃし、色々と話もしたいしの」

「そうじゃな、ワシもお主にお願いしたいこともあるし、後でお邪魔するとしよう」

楽しげに会話を交わす二人。

そんな中、

「ちょ!?　談笑するのはアタシを降ろしてからにしてくれない？　マクタウロおじさまも、パパに言ってよ！　ねぇ！」

相変わらずスレイプに持ち上げられたままのリスレイは、顔を真っ赤にしたままスレイプの太い腕をポカポカ叩き続けていた。

「ちょっとリスレイ、何しているのかしら？」

そこに女の子の声が聞こえてきた。

同時に、リスレイの体が光に包まれていく。

すると次の瞬間、リスレイの体はスレイプの手の中から消え去り、地面の上に瞬間移動していた。

リスレイが声の方へ視線を向けると、そこにはエリナーザの姿があった。


——エリナーザ。

フリオとリースの双子の姉でリルナーザの姉。

しっかり者でパパのことが大好き。

魔法の能力に才能がある。


「早くしないとパパの式典がはじまっちゃうんだから」

エリナーザが伸ばしている右手の前には魔法陣が展開しており、エリナーザの魔法によってリスレイの体が瞬間移動したのは間違いなかった。

「あ、ありがと、エリちゃん」

「どういたしまして。さ、スレイプおじさまや、皆様も席に移動いたしましょう」

フリフリのついたお洒落《しゃれ》なワンピース姿のエリナーザは、にっこり微笑《ほほえ》みながら一同を見回していく。

「うむ、そうじゃな。そろそろ席に移動するとするか。ではマクタウロ、また後ほど」

「そうじゃな。ではワシも護衛任務に戻るとするか」

握手を交わし、その場を後にしていくスレイプとマクタウロ。

スレイプに続いて、バリロッサ達も移動を開始していく。

「エリナーザお姉ちゃん、こっちです！」

一同の先頭を歩いているエリナーザに向かって、手を振っている女の子の姿があった。

「あ、リルナーザ。そこにいたのね」

その少女に、エリナーザは笑顔で手を振り返していく。


——リルナーザ。


フリオとリースの三人目の子供にして次女。

魔族であるリースの血の影響で成長が早く、エリナーザと同じくらいの体格にまで成長している。


「いつの間にか居なくなっていたから心配していた……の……って……」

椅子に座っているリルナーザの姿を見たエリナーザは目を丸くした。

その視線の先で座っているリルナーザの膝の上には、一角兎《ホーンラビット》姿のサベアと、雌の一角兎《ホーンラビット》が座っていた。

——サベア。

元は野生の狂乱熊《サイコベア》。

フリオに遭遇した際に勝てないと悟って降参し、以降ペットとしてフリオ家に住み着いている。

普段はフリオの魔法で一角兎《ホーンラビット》の姿に変化している。


雌の一角兎《ホーンラビット》は、神獣ラインオーナに襲われそうになっていたところをフリオ達に助けられて以降、サベアと仲良くなり、シベアと名付けられてフリオ家の愛玩動物として同居していたのであった。

「サベアとシベアがリルナーザに懐いているのはよく知っているけど……その後ろの魔獣達はいったいどうしたの？」


エリナーザが指さした先、リルナーザの背後には多数の魔獣が集まっていたのであった。

熊系、狼《おおかみ》系、鳥系と様々な種族の魔獣達が、リルナーザに寄り添うようにして集まっているため、周囲の人々も目を丸くしながらその光景を見つめていた。

それもそのはず……

その中には、凶暴で人族には決して懐かないと言われている魔獣達まで含まれているにもかかわらず、そんな魔獣までもがリルナーザの側《そば》で大人しくしていたのである。


「あのね……朝のお散歩の時に仲良くなったお友達なんです。みんなとっても優しくて楽しいんですよ、エリナーザお姉ちゃん」

にっこり微笑むリルナーザ。

するとその言葉を理解したのか、周囲の魔獣達がリルナーザの顔をペロペロと舐《な》めはじめた。

「あ、み、みんな、くすぐったいです。あはは、ありがとうございます」

親愛の意思表示を続ける魔獣達に、嬉《うれ》しそうな笑顔を向けるリルナーザ。

その顔は、あっという間に魔獣達の唾液でベトベトになっていたが、リルナーザは嫌な顔ひとつしないで、皆に顔を舐めさせていた。

その光景を見た周囲の人々は、

「な、なんだ……怖い魔獣達ばかりだったから怖かったけど……」

「みんな大人しいみたいね」

「あの女の子にとっても懐いているのね」

口々にそんなことを口にしながら、リルナーザ達の様子を微笑ましい表情で見つめていた。

「ホント、リルナーザってば、魔獣達にすっごく懐かれるわね。でも、とっても素敵なことだと思うわよ」

エリナーザが右手を伸ばして魔法陣を展開すると、リルナーザの顔を乾燥させていく。

「……そういえば、ガリルはどうしたのかしら？」

「あ、ガリルお兄ちゃんは、来賓の人の護衛のお手伝いに行くって……」

◇◇◇

魔導船発着場の中に、この日の式典に集まった来賓達が集められている一室があった。

その一角に、姫女王の姿があった。

——姫女王。

クライロード魔法国の現女王。本名はエリザベートで、愛称はエリー。

父である元国王の追放を受け、クライロード魔法国の舵取《かじと》りを行っている。

国政に腐心していたため、彼氏いない歴イコール年齢のアラサー女子。

姫女王の周囲を、姫女王直属の女性騎士団の長であるボラリスと、その部下達が周囲を護衛していた。

そんな一同の近くにガリルの姿があった。

——ガリル。

エリナーザの双子の弟でリルナーザの兄。

いつも笑顔で気さくなおかげでホウタウ魔法学校の人気者。

身体能力がずば抜けている。

ホウタウ魔法学校に通っているガリルは、フリース雑貨店で販売している鎧を身につけ、姫女王の周囲を固めていた。

「あ、あの……ガリルく……じゃなかった、ガリル様、今日はわざわざ護衛して頂き、真《まこと》にありがとうございます」

そんなガリルに、笑顔で声をかける姫女王。

「いえ、父からも仰せつかっていますので、お任せください」

ガリルは、姫女王へ視線を向けるとにっこりと微笑んだ。

すると、周囲の視線が一斉にガリルへと注がれていく。

（……なんだ、あの男……妙に姫女王様と親しげというか……）

（……姫女王様には、我が国の第二王子と……）

（……どんな手を使ってでも、我が国にお越し頂かねば……）

クライロード魔法国の周辺国家から派遣されたと思われる人々の視線を一身に浴びる格好になっているガリルと姫女王。

（……ま、まさか、ここまでとは思っておりませんでした……）

顔には笑みを浮かべながらも、内心で冷や汗を流している姫女王は、先日のクライロード城での出来事を思い出していた。

◇数日前　クライロード城・姫女王の自室◇

会議室から自室に戻ったばかりの姫女王は大きなため息をついていた。

（……はぁ……どうにか今日の会議も無事に終了しました）

その額には、汗が幾筋も伝っており、顔色も悪い。

「姫女王お姉様、大丈夫ですの？」

その横から、一緒に戻ってきた第三王女が心配そうな表情を姫女王へ向けていた。

「ありがとう第三王女、大丈夫ですよ。それよりも、先ほどの会議ではありがとうございました。あなたがまとめてくれていた資料のおかげで、大臣達からの質疑に滞りなく回答することが出来ました」

「それを言うなら、大臣からの質問を完璧に予想して私に調べるよう指示を出してくださった姫女王お姉様のおかげですのん」

笑みを浮かべながら、頷き合う姫女王と第三王女。

「あのさぁ、仲良くしているところ申し訳ないんだけどさ」

そこに、第二王女が割って入った。

「内政に関する大臣会議は乗り切ったわけだけどさ、外交《こっち》の問題もなんとかしてくんない？」

そう言うと、第二王女は持参していたファイルの束を姫女王の前にドサッと置く。

姫女王はそのファイルを見るなり、眉間にシワを寄せた。

「第二王女お姉様、このファイルはなんですのん？」

その横で、怪訝《けげん》な表情を浮かべながら首をひねる第三王女。

「あのさ、第三王女。姫女王姉さんが他の国からどう言われているか知ってるかい？」

「当然ですのん！　姫女王お姉様は、長きにわたっていがみ合っていた魔王軍との間に休戦協定を結んだ初めての女王！　救国の聖女と言われて、他の人族国の民からも絶大な支持を受けておりますのん！」

まるで我が事のように、誇らしげに胸をはる第三王女。

「……そう、救国の聖女……で、そんな救国の聖女様はいまだに独身。その救国の聖女の旦那を自国から出すことが出来れば、色々と有利になるって考える人もいるわけね？」

「え？　じ、じゃあ、これは……」

第三王女が慌てて、ファイルを手に取る。

その中には、微笑をたたえた若い男の肖像画と、略歴が書かれた紙、その男の父であろう国王の紹介状までもが多数、同梱《どうこん》されていた。

「これって……」

「……そう、姫女王姉さんへの見合いの申し込みってわけ。これ、全部ね」

苦笑しながら、ファイルの束をポンと叩く第二王女。

「外交を担当しているアタシとしては、どの国に行っても必ずこの話題になるもんだから、少々ウンザリしてるんだよね」

第二王女の言葉に、大きなため息をつく姫女王。

「……そうね……他国の使節団と会談しても、最近は必ずこの話題が出ますし……私自身も少々頭が痛いのですが……」

（私だって早くに結婚して、次期国王となる旦那様を陰ながら支える良き妻になろうと、昔から思っていたのに……父上が王の地位を悪用していたことが発覚し、その尻拭いのために腐心し続けていたらいつのまにかこんな年齢になってしまっていて……そりゃあ、私だって相手がいれば……）

そんなことを考えながら、紅茶を口に運ぶ姫女王。

その脳裏に、ガリルの顔が浮かんだ。

……その時だった。

「あのさ、例のガリルくんと進展あったの？」

「ぶふぅぅぅぅ!?」

第二王女の言葉に、思わず紅茶を吹き出してしまう姫女王。

「ひ、姫女王お姉様！　だ、大丈夫ですのん!?」

第三王女が慌てて駆け寄り、姫女王の背をさする。

「だ、大丈夫です、第三王女……そ、それよりも第二王女……な、なんでそこでガリルくんの名前が出るのですか？」

「何故って……姫女王姉さんが好きな相手だからだけど？」

「す、好きって……わ、私はクライロード魔法国の女王なのですよ！　そ、そんな私が私的な感情を優先させるわけには……」

「ってことは、好きな相手ってことは否定しないんだね？」

「うぐっ……」

第二王女の言葉に、姫女王は思わず言葉を詰まらせる。

その様子を確認すると、第二王女はクスクスと笑みを浮かべた。

「あはは、ごめんごめん。でも、色々考えちゃうよね。各国の王子クラスから山のようにプロポーズの打診が来てるのに、一介の商人の長男が相手じゃ皆に納得してもらうのも一苦労だしさぁ」

「……そ、それは……その……」

第二王女の言葉に、返す言葉がないのか、姫女王は口ごもってしまう。

そんな姫女王の様子を見つめながら、第二王女はため息をついた。

（……姫女王姉さんは昔っからこうなんだよな……自分のことをいつも後回しにして、常に国のことを最優先にしちゃって……まぁ、父さんがあんなことになっちまったから仕方ないといえば仕方ないんだけど、それでも、そんな姉さんだからこそなんとかしてあげたいっていうか……）

「……ん、待てよ……」

その時、第二王女はあることを思い出していた。

「姫女王姉さん、確かフリース雑貨店ってあれの許可を求めて来てたよね？」

「あれ？……ですか？」

「そう、あれ」

そう言いながら、天井を指さす第二王女。

姫女王と第三王女は、その指の先を同時に見上げていく。

「天井……ですのん？」

「あの……天井がどうかしたのですか？」

首をひねりながら天井を見上げている第三王女と姫女王。

そんな二人の前で、第二王女は思わず苦笑した。

「いや、だから……天井じゃなくてさ……」

◇◇◇

（……第二王女に言われて、今回の定期魔導船の就役式に参加したのですが……私が参加することを表明すると同時に、周辺国家からの参加者が殺到したようですが……まさか、その大半の方々が、私への縁談を持ってこられているなんて……)

この控え室に入るなり、

「私、ドドイツ国の代表としてまいりました……」

「私は、アスンテイカー王国より派遣されてまいりました……」

「僕は、アルステック王国の第二王子で……」

周辺国家の代表達から挨拶をされまくった姫女王。

それを、ボラリスが、

「申し訳ありませんが、今日の姫女王様は、フリース雑貨店様の定期魔導船の就航記念式典のお祝いで来場されておりますゆえ、式典に関係のないお話は式典終了後にお願い致したい」

そう言って、押し戻していたのであった。

それはひとえに、姫女王の人族の中での名声がそれほどまでに高まっている証拠といえた。

周辺国家は、なんとかして名声の高い姫女王を妻として迎えるか、あるいはその夫として自国の王子を送り込もうと躍起になっていたのであった。

(……何しろ、縁談目当てで面会を申し出ても、外交担当の第二王女が出しゃばってくるばかり)

(……その第二王女を懐柔しようとしてものらりくらりとかわされるばかりだし)

(……姫女王が直接出向いているこの場で、なんとしても会談を取り付けねば)

隙あらば、姫女王に話しかけようとしている各国の者達なのだが……そんな姫女王の警備にガリルが加わると、話しかける隙がまったくなくなってしまっていたのであった。

（……あのガリルとかいう若者……まったく隙がないではないか）

（……女性騎士団だけであればどうにか出し抜けそうだったのだが）

（……しかも、あの若者……姫女王様とやけに親しげだし）

そんなことを考えている各国の者達。

そんな控え室の中を、ガリルはゆっくりと見回していた。

（……エリーさんってすごいなぁ、綺麗《きれい》だから、みんなに見つめられてて）

その視線を姫女王へ向けるガリル。

すると、そこで姫女王と視線がかち合った。

「……あ、えっと……」

姫女王は顔を真っ赤にしながら、慌ててそっぽを向いた。

「あれ？　姫女王様、どうかしました？　熱でもあるんですか？　なんか、顔が赤いですけど」

姫女王の下に歩み寄ると、自らの額を姫女王の額に合わせるガリル。

ガリルの動きがあまりにも自然だったため、その接近を止める者は一人もいなかった。

「……へ？」

しばし呆然としていた姫女王は、自分の眼前にガリルの顔が大写しになっている現実にようやく気づいたのだが、耳まで真っ赤にしながらその場で完全に硬直してしまい、ピクリとも動くことが出来なくなっていた。

「……うん、熱はないみたいだね。気分が悪いようだったら、後で父さんに言って、どこか休める場所に案内してもらうから、遠慮なく言ってくださいね」

ニコッと笑みを浮かべると、先ほどの位置に戻るガリル。

そんなガリルを、顔を真っ赤にしたまま見つめ続けている姫女王。

その光景を、遠巻きに見つめていた各国の使者達の間にどよめきの声があがっていく。

（……な、なんだあの青年は……あんなに自然に姫女王に接するとは）

（……まさか、姫女王のお相手なのか？）

（……いや、姫女王にそのような相手がいるとは聞いたことがない）

（……そもそも、どこの馬の骨ともわからぬ男など、姫女王のお相手としてふさわしくない）

そんなヒソヒソ話が室内に蔓延《まんえん》する中、ガリルの側に第二王女が歩み寄っていく。

「やぁ、ガリル殿。この度は姫女王姉様と、私、第二王女を式典にお招きくださり真にありがとうございます。お父上であられますフリオ殿にも、後で改めて御礼とお祝いの言葉を伝えさせて頂けたらと思っておりますので」

「わかりました、父さんも喜ぶと思います」

第二王女の言葉に、笑顔で応えるガリル。

そんな二人の会話を聞いた各国の者達の間に、さらに動揺が走った。

（……ち、ちょっと待て、あの若者はフリース雑貨店の店長であるフリオ殿のご子息なのか!?）

（……ほ、報告ではもっと年若いと聞いていたが）

（……まさかあの若者も姫女王のお相手候補なのか？）

（……いや、しかし、一介の商人の息子が姫女王のお相手になれるはずが）

（やっぱりそうきますよねぇ）

「それでガリル殿、フリオ殿にお会いした際にですね、魔導船を復活させた功績を称えて、クライロード魔法国より爵位を授与したいと思っておりまして、その打ち合わせもさせて頂けたらと思っております。そのこともお伝え願えますか？」

「え？　ちょ、ちょっと第二王女!?」

第二王女の言葉に、若干慌てた様子の姫女王。

「そ、その件に関してはフリオ様に……」

そこまで口にしたところで、第二王女が姫女王の口を押さえた。

その耳元に、口を寄せていく。

（わかってるって、爵位の話は、事前に打診してすでにフリオ殿から断られているっていうのも知ってるから）

（で、でしたら、このようなことを口にすべきでは……）

（まぁまぁ、そこはアタシに任せてよ）

焦った様子の姫女王に対し、あえてお気楽な口調で返事を返す第二王女。

小声で会話を交わしているため、他の者達にその内容は聞こえていない。

そんな二人の周囲には動揺が走っていた。

（……お、おい……フリオ殿は貴族になるのか!?）

（……ということは、あの若者は貴族の子弟ということか!?）

（……な、ならば……姫女王の相手としてなんの問題もない……!?）

各国の使者達は皆、表情を強ばらせながら、小声で言葉を交わしている。

そんな周囲の状況を、ガリルは苦笑しながら見回していた。

「……えっと、第二王女様の話はわかりましたけど……皆さん、どうされたんですかね？」

「いえ、別にガリル殿が気にすることはありません。ところで、ガリル殿にひとつお聞きしたいことがあるのですが」

「はい、なんでしょうか？」

歩み寄ってきた第二王女に、笑顔を向けるガリル。

「姫女王姉さんのこと、どう思っています？」

「はい、大好きです」

第二王女の言葉に、即答するガリル。

その言葉に、にっこり微笑む第二王女。

（……ホントに、ガリル殿ってば姫女王姉さんのことを一人の女性として大好きなのね）

そんなことを考えている第二王女の後方では、姫女王が硬直していた。

顔だけでなく、露わになっている両肩や胸元まで真っ赤にしたまま、口をあわあわさせている姫女王。

その顔は、一国の女王のものではなく、一人の女性のものだった。


ガリルの言葉と、姫女王の様子で、室内がさらに騒然となったのは言うまでもない。

◇数刻後　定期魔導船発着場前◇
式台の前に多くの人々が集まっていた。

そんな一同を前に、式台の上にはフリオが立っていた。

（……取引の交渉なんかは得意なんだけど、こういった場所で挨拶するのはどうも慣れないというか……）

フリオはいつもの飄々《ひょうひょう》とした笑みを浮かべてはいるものの、内心では焦りまくっていた。

身につけているのは、リースお手製の人族の礼装。

そんなフリオの姿を、関係者席から見つめているリース。

「旦那様……何を着てもお似合いですけど、やっぱりさっきの服の方がお似合いだと思うのですが……」

リースは目を潤ませ、頬を上気させながら熱い吐息を漏らしていた。

その横で、エリナーザもまた目を潤ませ、頬を上気させていた。

「ホントに……パパってば何を着ても素敵……」

熱い吐息を漏らしながら、フリオのことを見つめているエリナーザ。

誰もが振り向く美少女にもかかわらず、重度のファザコンのため、同級生からの告白をすべて断っているのだが、それはまた別のお話。

そんな二人の隣に、正装の黒いローブを纏っているカルシームの姿があった。

――カルシーム。

元魔王代行を務めていたこともある骨人間《スケルトン》族。

一度消滅したもののフリオのおかげで再生し、今はフリオ宅に居候している。

「うむうむ……そんなに似合っているとなると、ワシも一目拝見したいのじゃが……これ、ラビッツよ、ちょっとでよいから下に降りてくれぬかの?」

困惑した声のカルシーム。

その頭上に、カルシームの娘であるラビッツが、カルシームの頭部全体を体で覆い隠すようにして抱きついていた。

――ラビッツ。

カルシームとチャルンの娘。

骨人間族《スケルトン》と魔人形の娘という非常に稀少《きしょう》な存在。

カルシームの頭上にのっかるのが大好きで、いつもニコニコしている。

「や！　ラビッツここがいい！」

笑顔で、ガッチリとカルシームの頭を抱え込んでいくラビッツ。

「ううむ、困ったのぉ……こうなると、ラビッツはしばらく離れてくれぬでなぁ……さてさて、どうしたものか……」

困惑した声をあげているカルシームなのだが、骸骨の顔にはどこか楽しげな様子が浮かんでいた。

「ほんに、ラビッツはカルシーム様のことが大好きでありんすねぇ」

カルシームの隣に座っているチャルンが、にこやかな笑みを浮かべながら二人を見つめていた。

――チャルン。

かつて魔王軍の魔導士によって生成された魔人形。

破棄されそうになっていたところをカルシームに救われて以降カルシームと行動をともにしており、今はカルシームと一緒にフリオ家に居候している

魔人形のチャルンは、本来感情を持たない。

しかし、カルシームの手で破棄されかけていたところを救われてともに過ごすうち、いつしか感情を持つようになり、カルシームの子ラビッツを産んでいたのであった。

「うん！　パパ大好き！　ママも大好き！」

「その大好きなカルシーム様が前が見えなくて困っているでありんすゆえ、顔の前から手を離すでありんす」

「あい！」

チャルンの言葉に、満面の笑みで応えるラビッツ。

しかし、ラビッツの両手は相変わらずカルシームの顔面をしっかりとホールドしたままだった。

「……ラビッツ、いい返事でありんすけど、手が動いてないでありんす」

「あい！」

「……ですから、手をでありんすね……」

そんなやり取りを続けているカルシーム一家。

その隣に、ベラノが座っていた。

小柄なベラノの膝の上に、ミニリオが座っており、さらにその膝の上にベラリオが座っていた。


——ミニリオ。

フリオが試験的に産みだした魔人形。

フリオを子供にしたような容姿をしているためミニリオと名付けられた。

ベラノのお手伝いをしているうちに仲良くなり、今はベラノの夫でベラリオの父。


——ベラリオ。

ミニリオとベラノの子供。

魔人形と人族の子供という非常に稀少な存在。

容姿はミニリオ同様フリオを幼くした感じになっている。

中性的な出《い》で立《た》ちのため性別が不明。


（……え、えっと……こ、この体制って……う、嬉しいけど、でもなんか恥ずかしいというか……その……あの……）

頬を真っ赤にしながら俯《うつむ》いているベラノ。

「あは！　ベラリオちゃんもフォルミナと一緒なの！」

その後方から、フォルミナの声が聞こえてきた。


――フォルミナ。

ゴザルとウリミナスの娘で、魔王族と地獄猫族《ヘルキャット》のハーフ。

ゴザルのもう一人の妻であるバリロッサにもよくなついている。

ガリルのことが大好きな女の子。


フォルミナは、母親であるウリミナスの膝の上に座り、嬉しそうに体を跳ねさせていた。

「フォルミナ、少し大人しくするニャ。式典が始まるニャ」

「うん、わかった！」

ウリミナスの言葉に、笑顔で頷くフォルミナ。

しかし、ウリミナスと一緒なのが嬉しいのか、体を跳ねさせ続けていた。

「……えっと……ゴーロ……あ、あなたもフォルミナのように、私の膝の上に座っていいのですよ……」

ウリミナスの隣に座っていバリロッサは、表情を引きつらせながら息子のゴーロに声をかけた。

――ゴーロ。

ゴザルとバリロッサの息子で、魔王族と人族のハーフ。

ゴザルのもう一人の妻であるウリミナスにもよくなついている。

口数が少なく、姉にあたるフォルミナのことが大好きな男の子。


「……ん……僕、ここでいい」

そのゴーロはというと……ラビッツと同じように、バリロッサの頭の上に抱きついていた。

「あ、あのですねゴーロ……ゴザル殿がいないからといって、同じようにされてしまうと、わ、わた、わた、私の首がちょっともたないといいますか……」

顔中に脂汗を流しながらも、必死になって首に力を入れ続けているバリロッサ。

（……こ、このままではまずい……わ、私の首がもたないばかりか、ゴーロが地面に落下してしまう……ご、ゴザル殿に助けを……）

必死になって視線を隣に向けるバリロッサ。

その視線の先に、ゴザルが腕組みをして座っていた。

「はっはっは、バリロッサの頭にのせてもらって嬉しそうだな、ゴーロよ」

「……うん」

ゴザルの言葉に、小さく頷くゴーロ。

その嬉しそうな言葉を聞いたバリロッサは、

（……そ、そんなに喜ばれてしまったら、ご、ゴザル殿に替わって欲しいといえないではないか……はぅぅ……）

バリロッサは泣きそうになりながらも、必死に歯を食いしばっていた。

そんな一同へ視線を向けているフリオ。
（……僕がこの世界に来たばかりの頃って、人族と魔族が争っている真っ最中だったんだよね……それから、色んなことがあったけど、今、こうして人族と魔族の人達が一同に介することが出来ているなんて……なんだか、すごく感慨深いな……）
別の世界からこの世界へ、クライロード魔法国の召喚魔法によって呼び寄せられたフリオ。
彼が元いた世界では、人族による亜人族への差別が顕著だった。
（……元いた世界では種族間の差別を前にして何も出来なかったけど……この世界では、人族と魔族の争いが終結するのに、少しだけ力になれた気がする……）
来賓席の姫女王
元魔王のゴザルと元魔王代行のカルシーム
クライロード魔法国の騎士だったバリロッサ・ビレリー・ブロッサム・ベラノ
ゴザルの側近だったウリミナスとカルシームの側近だったチャルン

元魔王軍四天王の一人だったスレイプ
魔人のヒヤ
暗黒大魔導士のダマリナッセ
元神界の使徒だったタニア
そして、定期魔導船の就航を祝って各国の人々までもが、この場に集まっている。
そんな、様々な種族の、様々な立場の人達がこの場に集まっている。
その場を、こうして提供出来ていることが、少しだけど誇らしく思えるんだよな。

皆の様子を見回しながら、その顔にいつもの飄々とした笑みを浮かべるフリオ。

小声で詠唱すると、その口元に小さな魔方陣が展開していく。

この魔法陣により、フリオの声を会場の隅々まで行き渡らせることが出来る仕組みになっていた。

「え、っと……僕は本来、このような場所で挨拶をさせて頂くような偉い人間ではないのですが……フリース雑貨店が運行する定期魔導船の就航記念式典に、こんなに大勢の皆様にお集まり頂けましたことに、心から感謝を述べさせていただきます。

この定期魔導船は、ここホウタウの街と魔王領、カルゴーシ海岸、インドル国へ定期的に就航することが決まっていますが、今後もこの行路を増やしていき、この世界の人と物の流れを改善し、相互により発展していくことが出来るように……」

フリオの眼前にウインドウが表示されていた。

そのウインドウは、フリオにしか見えないように魔法で表示制限されており、その中にフリオが昨夜一晩かけて考えた挨拶文が表示されていた。

フリオはそれを見つめながら挨拶を続けていく。

そして、フリオの挨拶が終わると、次に姫女王の挨拶が行われた。

その後、
魔王軍からの使者として参列していた四天王の一人ザンジバル。

カルゴーシ海岸領の代表バンビールジュニア。

インドル国からの使者としてエスト商会のエスト。

といった面々が挨拶を行っていった。

挨拶が終わると、来賓客達は発着場から乗降タワーを昇っていき、その先から定期魔導船へと乗り込んでいく。

「これだけの人数が乗り込みましたのに、まだ余裕があるなんてすごいですわね」

操舵室《そうだ》の中。

リースは眼前のウインドウ内に表示されている船内の様子を見回しながら感嘆の声を上げていた。

「見た目はそこまで大きく見えないだろうけど、船内を魔法で拡張しているからね。ただ、これだけの人数を乗せることが出来るのは、この一号船だけなんだけどね。この魔導船に使用しているのと同じくらいの大きさの魔石を入手出来れば、同規模の魔導船を建造出来るんだけど……」

「お任せください旦那様！　明日にでもドゴログマに出向いて、厄災魔獣を討伐いたしましょう！」

頭上の髪の毛をピコピコさせながら腕を回すリース。

そんなリースの前に、ヒヤが姿を具現化させた。

「奥方様がわざわざ出向かれることはございません。至高なる御方がお命じくだされば、このヒヤめが厄災魔獣を討伐し、魔石を手に入れてまいりますゆえ」

片膝を突き、恭しく一礼するヒヤ。

そこに、ゴザルが歩み寄った。

「待て待て、そんな面白そうなことを私抜きでしようとは、ちと水くさいではないか」

「そうですな、ワシらもぜひご一緒させて頂かねば」

ゴザルの横に歩み寄ったスレイプも、豪快な笑い声をあげていく。

「パパ！　ここはこのエリナーザにお任せくださいな！　私が魔法で厄災魔獣を捕縛してまいりますわ！」

フリオの下に駆け寄ったエリナーザが、両腕の前に魔法陣を展開させながら笑みを浮かべていた。

そんな一同を改めて見回していくフリオ。

「と、とりあえず魔石の入手に関しては改めて日程調整をすることにして、今は定期魔導船を発進させようよ」

そう言うと、リースへと右手を伸ばすフリオ。

それを受けて、フリオの右手を両手でそっと握っていくリース。

二人は、舵《かじ》の隣にあるレバーを一緒に握っていく。

「じゃあ、定期魔導船発進します」

その言葉と同時に、レバーを前に倒すフリオとリース。

それを受けて、定期魔導船が乗降タワーを離れ、ゆっくりと上昇しはじめた。

……その時だった。

「もうもう！　待ちくたびれたの！　たの！」

定期魔導船の外から、そんな女の子の声が聞こえてきた。

フリオの眼前には、船内の様子と船外の様子を映し出しているウインドウが複数表示されている。

その中の一つへ視線を向けるフリオ。

そのウインドウに、定期魔導船の周囲を旋回している女の子の姿を見つけたフリオは、その顔に思わず苦笑いを浮かべた。

「わ、ワイン……会場に姿が見えないと思ったら、あんなところに……」


——ワイン。

龍族最強の戦士と言われている龍人《ドラゴニュート》。

空腹で行き倒れになりかけたところをフリオとリースに救われ、以降フリオ家に居着いている。エリナーザ達の姉的存在。

背にドラゴンの羽を具現化させているワインは、上昇している定期魔導船の周囲を楽しそうに旋回し続けていた。

「おっきいの！　おっきいの！　あはは！　とっても楽しいの！　楽しいの！」

いつものダボッとしたポンチョ風の服を身につけているワインは、歓喜の声をあげながら定期魔導船の周囲を飛び続けていたのだが、ポンチョがめくれ上がった瞬間をウインドウが映し出した途端に、タニアが血相を変えて走り出した。

「わ、ワインお嬢様、あれほど申し上げておきましたのに、何故下着をお着けになっていないのですか！」

タニアが右手を一振りすると、その姿が操舵室の中から瞬時に消え去り、同時に、ワインの後方に出現した。

背に神界の使徒の羽を具現化させたタニアは、

「ワインお嬢様！　大人しくこの下着をお着けくださいませ！」

ワインの下着を両手で広げながらワインを追いかけていく。

「や～の！　下着嫌い！　嫌い！」

上空で向きを変え、タニアから逃げるワイン。

「いけません！　このタニア、命に代えてもワインお嬢様にこの下着をはかせてみせます！」

さらに追うタニアと逃げるワイン。

定期魔導船の周囲で展開されはじめた追いかけっこを、事情を知らない船内の招待客達は、楽しそうに窓から眺めていた。

「もう、ワインったら……旦那様の晴れ舞台だというのに……」

リースはその光景をウインドウで見つめながら苦笑していた。

「まぁいいじゃないか。フリース雑貨店らしくてさ。みんな笑顔で楽しく、で」

そんなリースに、いつもの飄々とした笑顔を向けるフリオ。

一同を乗せた定期魔導船は、最初の寄港地である魔王領へ向かって飛行を続けていた。

追いかけっこを続けているワインとタニアとともに……

◇魔王城・玉座の間◇
魔王城の二階にある玉座の間。

室内に入ってきた魔王ドクソンは、荘厳な威容を誇る玉座の前、床の上にどっかと腰を下ろした。

「……恐れながら申し上げます、魔王ドクソン様」

その横に立っている魔王ドクソンの側近フフンは、伊達《だて》眼鏡を右手の人差し指でクイッと押し上げながら一歩前に歩み出た。

「あ？　なんだフフンよ」

「はい……魔王ドクソン様は、多くの魔族と対話をなさり、魔王軍の再建を十分に進められたと思います。つきましては、そろそろ玉座の間にお座りになられてもよろしいのではないかと思うのですが……」

フフンの言葉に、小さく息を吐き出す魔王ドクソン。

「……あぁ、気持ちはありがてぇんだが……魔王軍を再建したといってもだな、俺が最初に魔王になった時よりも貧弱な現状じゃあなぁ……それに、俺が率いている魔王軍に属したくねぇっていう魔族達もいるわけだし、色々問題も起きてるしな……こんな状態で玉座に座るなんざ、俺自身が納得いかねぇんだ……すまんな」

「い、いえ……私こそ、出過ぎたことをしてしまい、真に申し訳ございません」

魔王ドクソンに対し、腰を九十度曲げて頭を下げるフフン。

（……あぁ、魔王ドクソン様は本当に成長なさった……以前の、ユイガードと名乗られていた頃の魔王ドクソン様であれば、私が先ほどのような意見を申し上げれば、

『うるせぇ！　俺のすることに文句をつけるんじゃねぇ！』

と、ご一喝なさり、問答無用でぶん殴られていたはずですのに……）

かつての魔王ドクソンの言動を思い出し、思わず感涙を目に浮かべるフフン。

（……でも……理不尽にぶん殴られないというのも、いささか寂しいと申しますか……たまには意識が飛んでしまうくらいの勢いでぶん殴って頂きたいというか……）

そんなことを考えながら、頬を赤らめていく、真性のドMでもあるフフンであった。

「おい、それよりも報告をしてくれねぇか？　俺が猫熊《パンダ》族の居住地に出向いている間に何かあったか？」

「あ、は、はい……申し訳ありません」

魔王ドクソンの言葉で我に返ったフフンは、伊達眼鏡をクイッと押し上げながら手元の書類へ視線を向けていく。

「本日フリース雑貨店で開催されました定期魔導船の就航記念式典には四天王ザンジバル様が出席しており、間もなくご帰還なさると思います。また、例の件ですが……また、被害報告が寄せられておりまして……」

フフンの言葉に、忌々しそうに舌打ちする魔王ドクソン。

「くそぅ……猫熊《パンダ》族はどうにか無事に保護出来たってのに、他で被害が出やがったのか……」

「はい、残念ながら……この件に関しましては、目下、四天王ベリアンナ様が原因究明に向かっておられます」

「ったく……よりによって、稀少種族ばかり拉致していくたぁ、どういうつもりなんだ……御伽《おとぎ》族のように魔王城で保護を約束しているヤツらは無事とはいえ、辺境に住んでいる稀少種族の間にこれだけ拉致被害が出ちまったら、洒落にならねぇ……かといって、規模にすれば数人単位だし、わざわざ魔王軍を動かすわけにもいかねぇし……とにかくだ、諜報《ちようほう》機関のやつらを総動員して調査にあたらせろ」

「は、かしこまりました」

伊達眼鏡をクイッと押し上げながら一礼するフフン。

（……魔王ドクソン様の命令で、新たに諜報機関を組織したものの……魔王ゴウル様が組織していた諜報機関「静かなる耳」に比べると、諜報能力が足元にも及ばないだけに……）

フフンはその顔に苦渋の表情を浮かべながらも、玉座の間を後にしていく。

そんなフフンの後ろ姿を見送りながら、魔王ドクソンは大きく息を吐き出していた。

（……ゴウルの兄貴が魔王だった時代には、こんな事件が起きたことなど一度としてなかったってのに……ったく、俺ぁまだまだ半人前だな……）

ユイガードと名乗っていた頃のドクソンは、何か問題が発生すると、そのすべてを部下のせいにし、部下に責任を取らせようとし続けていた。

しかし、今の魔王ドクソンは、問題が発生しても部下のせいにすることなく、自ら率先して行動し、解決策を模索していたのであった。

◇魔王領辺境地◇

「ったく、そこの怪しいクソ馬車野郎！　待ちやがれってんだ！」

手の大鎌を豪快に振り回しながら、木々の合間を縫うようにして滑空しているベリアンナ。

その前方を一台の馬車が高速で移動していた。

『ちょ、ちょっと待つであります!?　自分は決して怪しい者ではないであります！』

馬車から、女の声が聞こえてきた。

「うるせぇ！　自分から『怪しい者ではない』って言うヤツが一番クッソ怪しいに決まってんだろうが！　そもそもだな、稀少種族が拉致された現場をウロウロしていたクッソ馬車が怪しくねぇわけがねぇじゃねぇか！　つべこべ言わずにクッソ止まりやがれ！」

大鎌を豪快に振るうベリアンナ。

周囲の大木が一刀両断され、馬車に向かって倒れる。

馬車は倒木をかわし、その隙間を縫うようにして走っていく。

その馬車の中で、金髪勇者は舌打ちをしていた。

「えぇい、あいつはドクソンの配下の者ではないのか!?　何故我々を攻撃してくるのだ!?」

激しく左右に揺れ動く馬車。

そのため、乗車している金髪勇者一行は、馬車の中を右に左に転がり回っていた。

「だだだ、だってぇ、あの人に声をかけられるなり『いかん逃げろ！』と言って、逃げ出したんで

すものぉ。怪しむなと言う方が無理というものじゃないですかぁ!?」

金髪勇者の腕に抱きついているツーヤが声をあげた。

「し、仕方ないであろう！　あの時は、てっきり敵が来たと思ったからであってだな……」

「あのぉ金髪勇者様ぁ、あの小娘、このヴァランタインの邪の糸で動けなくしてしまいませんことぉ？」

「い、いや、それはいかん。あの女はドクソンの部下だからな、我々が危害を加えることは許さん」

「そ、そんなことを言ってもさぁ、じゃあどうやってこの窮地を抜け出すんだい、金髪勇者様？」

床の上を転がり回っているガッポリウーハーが、金髪勇者に向かって苦笑しながら声をかける。

「金髪勇者殿、ここは拙者が差し違える覚悟で直談判《じかだんぱん》に……」

そんなガッポリウーハーの頭上、天井に張り付いているリリアンジュが、両腕を刀に変化させながら金髪勇者へ視線を向けた。

「馬鹿者！」

リリアンジュを一喝する金髪勇者。

その声を前にして、リリアンジュは思わず体を強ばらせた。

「大切な仲間の命を危険に晒《さら》すような命令をこの私が出すはずがなかろう！　アルンキーツよ、前方の崖の合間にどうにかして入りこめ！」

『了解であります！』

馬車に変化している荷馬車魔人のアルンキーツは、そう返答すると馬車の速度をさらに上げながら崖の合間の隘路《あいろ》へと入っていく。

「クッソ待ちやがれ、この馬車野郎！」

その後を追いかけていくベリアンナ。

「……あ、あれ？」

そこで、飛行を中断し、ベリアンナは地面に降り立つ。

「……あのクッソ馬車、どこへ行きやがった？」

ベリアンナの前方を走っていたはずの馬車。

その馬車の姿が忽然《こつぜん》と消え去っていたのである。

「クッソ転移魔法か？……いや、そんなクッソ詠唱をする時間はなかったはずだし……どこへ行きやがった……」

大鎌を肩に担ぎ、周囲を見回しながら隘路を奥へ進んでいくベリアンナ。


……しばらく後、隘路の端の草むらの下から、金髪勇者がひょっこりと顔を出した。

「……ふぅ、どうにかやり過ごせたようだな」

周囲にベリアンナの姿がないことを確認した金髪勇者は、ドリルブルドーザースコップを片手に、穴の中から抜け出していく。

そう……金髪勇者は、伝説級アイテムであるドリルブルドーザースコップを使い、隘路に入ると同時に、金髪勇者一行全員が入れるだけの穴を掘り、その上部を近くの草で覆ったのである。

要した時間、わずか〇・八秒。

「あたたた……き、金髪勇者殿、落とし穴を掘るのであれば、そう言って欲しかったであります……自分、思いっきり頭から突っ込んでしまったであります」

落下のショックで人型に戻ってしまったアルンキーツは、穴の底に激突して赤くなった額をさすりながら這《は》い出してきた。

その後方から、ヴァランタインやアルンキーツ、ツーヤが次々に穴から這い出してくる。

「緊急事態だったのだ。文句を言うな」

そう言いながら、金髪勇者は皆に手を貸していく。

(……ふむ……魔族の誘拐事件が起きているとの噂《うわさ》を聞いて調査に来てみたが……ドクソンの部下が動いているとなると、どうやら事実のようだな……)

◇その日の夕刻・ホウタウの街フリオ宅前放牧場◇

この日、定期魔導船の処女航海に乗船したスレイプは、一足先にフリオ家に戻り、放牧場で作業を行っていた。

「急に姿が見えなくなったと思ったら、もうここに戻っていたのか」

そこに、クライロード騎士団の鎧を身につけたマクタウロが歩み寄ってきた。

「あぁ、あのような場所はちと苦手でな。ワシはここで魔馬の世話をしているのが性に合っておるわい」

干し草の巨大な束を軽々と担ぎ上げているスレイプは、楽しそうに笑みを浮かべていた。

「この放牧場を、お主と奥さん、それに娘さんの三人で管理しておるのか」

「うむ、そうじゃ。なかなか良い物じゃぞ、娘の成長を楽しみながらのんびりするのもな」

「そうだな……確かに悪くないな」

かつて、魔王軍とクライロード魔法国が敵対していた時代。

魔王軍四天王の一人であああったスレイプと、クライロード魔法国の勇将であったマクタウロは幾度となく相まみえ、激戦を闘いあった間柄であった。

いつしか二人の間には強敵《とも》の友情が芽生えており、スレイプが魔王軍を辞して以降は、良き友として交流を続けていたのであった。

「して、マクタウロよ。式典の際にも言っておったが、ワシに用事と言うのはなんじゃ？」

「うむ、そのことなのだが……」

マクタウロは放牧場を囲っている木柵に背を預け、小さく咳払《せきばら》いをした。

「実はな、クライロード魔法国では、騎士団養成学校を再編して、騎士団学院を創設することになってな。ワシがその初代学院長に就任することになったんだ」

「ほう、それは出世ではないか。めでたいことじゃとは思うのじゃが……して、その騎士団学院というのは今までの騎士団養成学校と何が違うのじゃ？」

「今までの騎士団養成学校は、文字通り騎士を養成するための学校でな、主に魔王軍との戦闘に従事するための騎士を養成する学校だったのだが、魔王軍との間に休戦協定が結ばれた今、その役割を見直すことになってな。クライロード魔法国の将来を担う若者の育成の場、総合的な学習の場として再編成するつもりなのじゃが……」

そこまで言うと、マクタウロは一度言葉を止めて、スレイプの顔を見つめた。

それに応じるかのように、マクタウロを見つめ返すスレイプ。

しばらくの間、互いに目線を交わらせる二人。

先に、口元を緩めたのはマクタウロだった。

その顔に笑みを浮かべると、視線を牧場へと向けていく。

「……そこで、スレイプ殿にお願いしたいのだが、騎士団学院で乗馬の訓練に使用する魔馬を提供してもらえぬかと思ってな」

「おぉ、そういうことなら任せておけ！　ワシが取っておきの魔馬を提供してやろうではないか」

マクタウロの言葉に、スレイプは豪快な笑い声をあげた。

そんなスレイプへ視線を向けているマクタウロ。

（……本当は、貴殿に学院の教師になってもらい、一緒に学院を支えてもらいたかったのだが、先ほど、貴殿と視線を交わした際……）

……ワシはここの生活に満足しておる。お主の気持ちには応えられぬ。

スレイプの表情から、その感情を読み取ったマクタウロ。

何度も剣を交えた者同士だからこそ、言葉を交わさずともわかり合えたのであった。

「もうこんな時間じゃし、晩飯を食っていけ。リースの飯は美味《うま》いからな」

「うむ、せっかくだし、馳走《ちそう》になるとするか」

二人は肩を寄せ合いながら、フリオ宅へ向かって歩いていった。

（……さてさて、スレイプ殿には振られたが、もう一方の目的はなんとしても果たさねばな……）

◇とある山奥の村◇

クライロード魔法国領に近い場所に位置しているこの魔族の村は、魔王軍とクライロード魔法国が休戦協定を結んで以降、街道の封鎖が解かれ、人族が訪れることも少なくない。

そんな村の酒場には、今夜も多くの人々が集っていた。

魔族だけでなく、人族の姿も散見される店内。

カウンターでは魔族の男が二人、談笑しながら酒を酌み交わしていた。

「そういえば聞いたか、あの噂？」

「魔神隠しのことか？」

「そう、それそれ。なんでも、この村に近い街道で魔族が忽然と姿を消す事件が起きてるらしいじゃないか」

「痕跡がほとんど残ってないもんだから、魔族の神がさらっていったんじゃないかって言われてるんだよな」

「でな、小耳に挟んだんだが……なんでも、被害にあった魔族には共通の特徴があるらしいんだ」

「特徴?」

「あぁ、なんでも稀少な種族のやつらばかりが被害にあってるらしいんだ」

「稀少種族って……あれか? 御伽《おとぎ》族とか、双頭鳥《そうとうちよう》族とかか?」

「そうそう。それで、この間も村向こうの峠で魔神隠しが起きたんだけどよ……」

酒の樽《たる》ジョッキを口に付けながら話を続ける、魔馬族の男。

その喉元に、背後から大鎌が突きつけられた。

「……な!?」

いきなりの出来事に、その場で硬直する二人。

「そのクッソ話、ちょっと詳しく聞かせてもらえるかい?」

大鎌を手にしている女は、そう言うと二人の男へ近づいていった。

「あ、あなた様は……」

「し、四天王の……べ、ベリアンナ様……」

二人が言うとおり、フードを目深に被《かぶ》ってはいるものの、その女は魔王軍四天王の一人、ベリアンナその人であった。

「魔王ドクソン様の命令で、クッソ稀少種族失踪事件を追ってるんだけどさ、お前達が知ってるクッソ情報を教えてくれるかい？」

「え、えぇ、それはもう喜んで」

「俺達の話がお役に立つんでしたら……」

その言葉を聞いたベリアンナは、大鎌を魔馬族の男の首筋からはずし、肩に担ぎなおす。

男達の隣の席に座るベリアンナ。

そんなベリアンナに、二人の魔馬族の男達が話を続けていく。


ベリアンナが、魔馬族の男達から話を聞いている時……

カウンターから離れた窓際の席に、数人の男女が座っていた。

「あはは、アルンキーツってば、まぁた酔い潰れてるしぃ。まったく、このガッポリウーハー様の酒豪ぶりを見習ってほしいもんだねぇ」

ケタケタ笑っている小柄な女――ガッポリウーハーの隣では、酒瓶を口にくわえたまま天を仰ぎ、そのまま意識を失っているタイトな黒服姿の女の姿があった。

「拙者は……拙者は……もう駄目でござる……」

その隣では、顔を真っ赤にしている東方のクノイチを思わせる衣装を身につけている女が、机につっぷしたまま号泣していた。

「まったくぅ、リリアンジュってば、相変わらず泣き上戸ねぇ」

女の肩を叩いている、露出の多い妖艶な衣装を身に纏っている女が、机の上の料理を次々に平らげながら、楽しそうに笑っていた。

「ば、ヴァランタインさんってば、食べ過ぎですよぉ……お。お金足りるかなぁ……」

その女を見つめながら、真っ青な顔をしている、こちらも露出の多い衣装を身につけている女がサイフの中身を必死になって確認していた。

その女の隣に座っている金髪の男は、酒を飲みながらカウンターの方へ視線を向けていた。

「……ふむ……稀少種族の失踪事件か……」

「あの、どうかなさったのですかぁ、金髪勇者様ぁ？」

「うむ、ツーヤよ……どうやらドクソンのお膝元で、何やら事件が起きているようだな……」

「えぇ？　そうなんですかぁ!?」

金髪勇者が見つめている方へ、自らも視線を向けるツーヤ。

二人の視線の先では、ベリアンナが魔馬族の男達から詳しい話を聞いている最中だった。

金髪勇者は、その会話を聞こうと意識を集中させていた……の、だが……

「金髪勇者様ぁ、飲んでますかぁ？　食べてますかぁ？」

大きな肉を頬張っているヴァランタインが、ツーヤを押しのけながら金髪勇者に抱きつく。

「あはは、飲んだ後は、屋敷魔人のアタシが快適なお宿に変化しますから、めいっぱい飲んでくださいねぇ」

その後方から、酒瓶を携えたガッポリウーハーが駆け寄っていく。

「えぇい、貴様ら！　私の邪魔をするでない！　話し声が聞こえないではないか！」

「え〜、そんなこといわないでくださいなぁ、金髪勇者様ぁ」

「そうそう、せっかくの美味い飯に、美味い酒なんですからさぁ」

「馬鹿者！　えぇい！　邪魔をするでない！」

ヴァランタインとガッポリウーハーを必死に押し返そうとする金髪勇者。

負けじと、金髪勇者ににじり寄ろうとするヴァランタインとガッポリウーハー。

金髪勇者一行のテーブルは収拾の付かない状況に陥っていた。

「……なんか、クッソ騒がしいな……話がクッソ聞こえねぇじゃねぇか……」

そんな金髪勇者一行のテーブルを一瞥《いちべつ》したベリアンナは舌打ちをすると、改めて魔馬族の男達へ視線を戻していった。

第二章……フリオ家、久々にカルゴーシ海岸へ行く　前編……8

◇夜・フリオ宅フリオの寝室◇

フリオは寝室に一人でいた。

リースが入浴中のため、椅子に座ってフリース雑貨店の書類に目を通していたのだが、

『フリオ殿、少しお時間をもらってもよろしいですか？』

そんなフリオに、後方から声がかけられた。

フリオが振り返ると、部屋の片隅に一人の幼女が浮かんでいた。

半身が幼女、半身が骸骨のその幼女は、ボロボロの外套《がいとう》をまとっている。

神界の使徒ゾフィナの、血の盟約の執行管理人としての姿であった。

フリオは、その顔にいつもの飄々《ひょうひょう》とした笑みを浮かべた。

「こんな夜更けにどうかされたのですか？　それに、言ってくだされば結界魔法も解除しておきましたのに……」

「……ひょっとして、フリオ殿は、私の姿が遠隔投影《ホログラム》だとお気づきなのですか？」

「お気づきも何も、そこに質量が存在していませんし、微弱ですが思念波の波動を感じますので、多分そうじゃないかと思ったのですが。それに、神界の使徒の方でも、寝室《この部屋》の結界魔法を突破する

のは困難じゃないかな、と思いまして」

飄々とした笑みを浮かべ続けているフリオ。

（……この方は……そこまで把握出来るのか……）

フリオの言葉に、思わず苦笑するゾフィナ。

フリオの言うとおり……クライロード世界の上位世界である神界の住人であるゾフィナの力をもってしても、フリオがこの部屋に展開している結界魔法をすり抜けることが出来なかった。

家の周囲に張り巡らされている魔法防壁はかなりの精度なのだが、ゾフィナの力を持ってすれば、どうにか解除して侵入することも可能な程度。しかし、寝室の周囲の魔法防壁はそうもいかなかったのである。

どうにか、自らの思念波によって遠隔投影《ホログラム》を作り出し、室内に投影するのがやっとだった。

「どうします？　今から結界魔法を一部解除しましょうか？」

「いや、それには及ばない。今日は私の上役である世界秩序管轄官からの伝言を伝えに来ただけなので、このままお聞き願いたい」

そう言いながら、外套の中から取りだした一枚の羊皮紙を広げるゾフィナ。

すると、羊皮紙の上に、女神の姿が浮かび上がった。

『……汝《なんじ》、フリオ……

あなたは先日、クライロード世界において過ぎたる技術《オーバーテクノロジー》である魔導船を復活させました。

この魔導船は、元々は神界の技術《テクノロジー》であり、それをクライロード世界で使用することは、本来、認められておりません。

……ですが、フリオの神界への日頃からの貢献を考慮し、特別にその使用を許可するものであります。

ただし、魔導船の技術を他者へ流布すること、魔導船を譲渡することは、これを厳に謹んで頂きたく、そのことをお伝えするものでございます』

そこで、女神の姿が消えていった。

ゾフィナは羊皮紙を外套の中に片づけると、改めてフリオへ向き直った。

「……要するに、定期魔導船の管理・運行にはくれぐれも注意して頂きたいと……そのことをお伝えに上がった次第です」

「へぇ、そうなんですね。あの魔導船って、神界の技術だったんですね……でも、その技術を何故《なぜ》この世界の魔人が持っていたんでしょう？　僕は、偶然手に入れた魔人の知識の中から、この魔導船の過ぎたる技術《オーバーテクノロジー》を入手したのですが……」

「これは憶測なのですが……このクライロード世界にも、遥《はる》か昔に神界から魔導船が定期的に飛来していた時期がございます。その運行中に、不慮の事故で難破し、朽ち果てた魔導船も何隻かございまして……その魔人は、その朽ちた魔導船の残骸に触れることにより魔導船の知識を入手したのではないかと……ただ、魔導船の知識を入手したからといって、その知識だけで魔導船を運行することは出来ないのですが……」

（……このクライロード世界に存在する魔石では小さすぎて魔導船を運行するには燃料不足なのですが……まさか、ドゴログマ世界で厄災魔獣の魔石を大量に集めてきて、それを代替品として使用するとは……本来であれば、過ぎたる技術《オーバーテクノロジー》の下部世界での無許可使用の罪によって、魔導船を没収し、今後のドゴログマ世界への入国を禁止するところなのだが……）

ここで、大きなため息をつくゾフィナ。

（……フリオ殿は、ドゴログマ世界で討伐した厄災魔獣の血肉や骨を使用して回復薬を作成しておられるのだが……この回復薬、効き目が強すぎるあまり、神界の女神様の肌を若返らせる効能まで持っているものだから、回復薬を神界に卸売りすることを条件にフリオ殿のドゴログマ世界への入国を制限しないようにと、神界の女神様全員から強く申しつけられているだけに、フリオ殿のドゴログマ世界への入国を禁止することも出来ない……上役の世界秩序管轄官は「過ぎたる技術《オーバーテクノロジー》がこれ以上流出しないよう、なんとか手を打ちなさい」と、私に対応を丸投げするばかりだし……）

再度大きなため息をつくゾフィナ。

「そういうわけですので……私の立場を察して頂き、定期魔導船の管理・運用にはくれぐれも注意して頂くよう、重ねてお願いさせて頂きたいのですが……」

「わかりました。定期魔導船は僕が責任を持って管理しますのでと、世界秩序管轄官さんにお伝えください」

「ありがとうございます。その言葉をお聞き出来て、私も安堵《あんど》いたしました」

（……実際、神界の使徒の魔法を駆使しても侵入することが敵《かな》わない魔法防壁を構築出来るフリオ殿だし、問題はないだろう）

その顔に、安堵の表情を浮かべるゾフィナ。

「……では、今日のところはここで失礼いたします」

そう言うと同時に、ゾフィナの姿は瞬時に消え去った。

◇同時刻・フリオ宅近くの森の中◇

木の陰に隠れるようにして立っていたゾフィナは、ゆっくりと目を開いた。

その額からは大量の汗が流れ落ちており、全身に疲労の色が濃く見てとれた。

「……あの寝室の周囲に張り巡らされていた防壁魔法……なんてすさまじい精度なんだ……神界の使徒であるこの私が、遠隔投影《ホログラム》を送り込むことが精一杯だとは……一体、なんのためにあんな魔法防壁を展開しておられるのか……」

肩で息をしながら、首をひねるゾフィナ。

その首元に、背後から大鎌が突きつけられた。

鈍く光る刃先を前にして、ゾフィナは思わず息を呑《の》む。

「……誰かと思えば、神界の使徒であるゾフィナではありませんか」

「……そういうあなたは、神界の使徒タニアライナ……」

ゾフィナの言葉を受けて、タニアは大鎌を肩に担ぎなおした。

「……何の用事か知りませんが、こんな夜更けに、フリオ様の屋敷の敷地内に無断で侵入した以上、このまま首を掻《か》き切られても文句は言えないと思いますよ」

大鎌を担いでいるタニアに向き直るゾフィナ。

（……さすがは、女神級の能力を持っていると常々言われていた神界の使徒タニアライナ……遠隔投影《ホログラム》に集中していたとはいえ、この私に存在を悟られぬまま背後を取るなんて……）

「すでに用は済んだ。すぐに退散するので、今日のところは見逃してもらえないか？」

「そうですね……今日のところは、見逃してあげます。ですが……また無断で侵入しましたら、その時は命がないものと思ってください」

メイド服姿のタニアは、スカートの裾を持ち上げながら優雅に一礼した。

「心得た。次回からは必ず事前に連絡することにする」

「それともうひとつ……私の名前はタニアでございます。タニアライナなどという名前は持ち合わせておりませぬゆえ、そちらもよろしくお願いいたします」

かつて、神界の使徒時代に、フリオ家の捜索を命令されたタニアライナ。

その際に、ワインと空中で激しく激突し、神界の使徒時代の記憶の一部を失った彼女は、自分のことを助けてくれたフリオの下で働くことを選択し、その時に少しだけ覚えていたタニアという名前を名乗るようになっていたのであった。

「……わかった。ではタニア殿、今日はここで失礼する」

軽く頭を下げると、結界の外に向かって飛翔《ひしょう》していくゾフィナ。

その後ろ姿を、タニアはジッと見送っていた。

◇同時刻・フリオの寝室◇

「旦那様、おまたせしました」

ゾフィナが部屋を後にしてしばらくすると、リースが室内に入ってきた。

風呂あがりのリースは、湿っている髪の毛を大きなタオルで拭きながら、フリオの側《そば》へと歩み寄っていく。

「……あの、どなたかいらしていたのですか？」

「あぁ、ゾフィナさんが魔導船のことで相談に来ていたんだよ。もっとも、魔法防壁のせいで、遠隔投影《ホログラム》が投影されていただけなんだけど」

「まぁ!?」

フリオの言葉に、思わず口元を押さえるリース。

「神界の使徒というのは、本当にすごいのですね……あのヒヤですら侵入出来ない、この部屋の魔法防壁の中に遠隔投影《ホログラム》を投影出来るなんて」

「あはは、確かにそうだね」

リースの言葉に、思わず苦笑するフリオ。

フリオに敗北して以降、フリオのことを『至高なる御方《おんかた》』と慕い、配下（下僕）として付き従っているヒヤだが、フリオとリースの仲睦《むつ》まじい様子を間近で見ているうちに、愛という感情に非常に強い興味を持つに至っていた。

その結果、フリオとリースの夜の営みまで観察しようとして、寝室の中に忍びこんで来たため、その対策として魔法防壁の威力を異常なまでに高めることに成功したフリオ。

部屋の周囲に張り巡らされている魔法防壁が、まさにそれだったのである。

「そういえば、定期魔導船のことであれこれ問い合わせが来ているって、ウリミナスが言っていましたけど？」

「うん、そうなんだ」

手元の書類を見つめながら頷《うなず》くフリオ。

「定期魔導船に立ち寄ってほしいっていう街や村、クライロード魔法国の周辺の国からたくさん問い合わせが来ているんだ。他にも、魔導船を売ってほしいとか、製造過程を見学させてほしいとかいろいろな申し出が来ているんだよね」

「販売はともかく……製造過程の見学に関しては意味がないのではありませんか？　あの魔導船は旦那様の強大な魔力によって製造されているわけですし、動力源となっている魔石はドゴログマ世界でないと入手出来ませんし」

「まぁ、そうなんだけどね……そのあたりは、部外者の人達《たち》にはわからないしね」

そんな会話を交わしながら、リースはフリオに体を預けていく。

「……今日の式典の旦那様、とっても素敵でしたわ」

「そ、そうかな？　僕的にはいつもどおりのつもりだったんだけど」

「とんでもありませんわ。エリナーザも感激していましたし、間違いありません」

（……いや、あの……リースとエリナーザは、僕のこととなると見境がなくなるというか、盲目になるというか……）

苦笑しながら、そんなことを考えているフリオ。

「あ、そ、そうだ。今度定期魔導船に乗って、家族みんなで遊びに行ってみない？」

「遊びにですか？」

「うん。今回定期魔導船の発着場を設けた都市から、お礼がしたいって招待状が届いているんだ」

「発着場を設けた都市って……ひょっとしてインドル国からもですか？」

「あぁ、そうだね。インドル国は、どちらかというと僕よりもリースに来てほしいみたいだけど」

フリオの言葉を聞いたリースは、眉間におもいっきりシワを寄せた。

インドル国……

かつて布を仕入れにいったリースが、悪事を働いた者達を（意図せず）討伐したことがきっかけになり、女神として国をあげて崇《あが》め奉《たてまつ》られていたのであった。


「そ、そうだね……インドル国はリースの気が進まないだろうし、また改めてってことで……」

「それよりも旦那様、私、キノーサキ温泉に行きたいです！　ぜひキノーサキ温泉郷にも定期魔導船を就航させていただきたいですわ！」

リースはぱぁっと表情を明るくしながら、上目遣いでフリオを見る。

その笑顔を見つめながら、思わず苦笑するフリオ。


キノーサキ温泉……

効能の違う七つの温泉が点在しており、歩いて回ることが出来る温泉街である。


（……リースが行きたいのは、子宝に効能があるって言われているヤナーギの湯なんだよな……）

そんなフリオの心の中を知ってか知らずか、

「ほら、旦那様……リルナーザも元気に育っていますし、弟か妹が欲しい頃じゃないかと思いますし……ね」

そんな言葉を口にしながら、フリオにすり寄っていくリース。

フリオは、そんなリースを優しく抱き寄せた。

「そうだね……今度キノーサキ温泉に定期魔導船を就航させることも検討してみるよ」

「嬉《うれ》しいですわ、旦那様。あ、そういえば今日、エリナーザがですね……」

フリオに向かって、嬉しそうに今日の出来事を話すリース。

その姿からは、かつて魔王軍四天王に匹敵すると言われていた牙狼《がろう》族フェンリースの姿は微塵《みじん》も感じられなかった。

そんなリースの話に、いつもの飄々とした笑みを浮かべながら聞き入っているフリオ。

二人は、楽しげに会話を交わしていった。

やがて、二人の姿が重なりながらベッドの上に横になり、フリオが右手の人差し指を一振りすると、魔法灯の光が消え、寝室内は暗闇に包まれていった。

◇同時刻・フリオの寝室前の廊下◇

フリオ家の二階にフリオの寝室がある。

その出入り口の前に、ヒヤが立っていた。

両手を伸ばし、扉に向かって魔法を展開しているヒヤ。

「……ふぅむ……これも駄目ですか……やはり至高なる御方の魔法防壁は素晴らしいですね。このヒヤ、完敗でございます」

その口元に静かな笑みをたたえながら、扉に向かって恭しく一礼するヒヤ。

「夫婦の営みのお手本として密《ひそ》かに見学させて頂きたかったのですが……今日のところは諦めるといたします」

右腕を一振りすると、ヒヤの姿は廊下から消え去っていった。

そして、廊下にも静寂が訪れた。


数分後……

階段からタニアが姿を現した。

手に大鎌を構えながら周囲を見回しているタニア。

「……先ほど、フリオ様の寝室の近くで怪しい気配を察知したのですが……」

大鎌を構えたまま、音を立てないように廊下を進んでいくタニア。


こうして、夜もフリオ家の内外を守っているタニア。

彼女が寝ているところを見た者はいないらしい。

◇ホウタウの街・フリオ牧場◇

早朝、朝日が牧場を照らす中、

「せい！」

リスレイは、愛馬クリシロにまたがり、牧場の中を気持ちよさそうに疾走していた。

しばらくすると、ビレリーが自らの愛馬であるドーマムにまたがり、リスレイに接近していく。

結構な速度で疾走しているリスレイとクリシロなのだが、ビレリーはあっという間に追いついた。

「さっすがママだね。もう追いつかれちゃった」

リスレイは、苦笑しながら、ビレリーの方を振り向く。

そんなリスレイに、ビレリーはにっこり微笑《ほほえ》むと、

「いえいえ、結構いっぱいいっぱいですよ～。さすがはリスレイです～」

嬉しそうに声をかけていく。

しかし、腰を浮かせながら騎乗して全力疾走しているリスレイとクリシロに対し、ごく普通に騎乗したままドーマムを高速で疾走させているビレリー。

馬の性能というよりも、二人の騎乗の技術に雲泥の差があるのは一目瞭然であった。

「そういえば、ママ。パパが言ってたけど、クライロード騎士学院ってところに、ウチの牧場の魔馬達を提供するって、本当なの？」

「えぇ、そうですよ～。だから魔馬のみんなをしっかり鍛えておかないといけませんねぇ」

ビレリーがその顔に満面の笑みを浮かべる。

「あのさ、アタシで手伝えることがあったら、何でも言ってね。アタシもパパとママの手伝いした

いからさ」

「ありがとうリスレイ。その時はよろしくねぇ」

そう言うと、ビレリーは笑顔でドーマムにムチを入れる。

すると、ドーマムは併走していたクリシロを一気に置き去りにしていった。

「……やっぱ、ママにはまだまだ敵わないや」

走り去っていくビレリーの背を、リスレイはまぶしそうに見つめていた。

そんなリスレイの後方から、新たな魔馬が駆け寄ってきた。

「え？」

慌てて後方を振り返るリスレイ。

すると、そこには魔馬にまたがったガリルの姿があった。

「おはようリスレイ。ちょっと乗馬の特訓をさせてもらってるよ」

「ちょ!?　が、ガリちゃん!?　く、訓練はいいんだけどさ……」

突然現れたガリルを前にして、目を丸くしているリスレイ。

それもそのはず……

ガリルが騎乗している魔馬は、牧場で飼育している魔馬の中でも一・二を争う鈍足なのである。

しかし、その魔馬に華麗に騎乗し、その力を十二分に引き出しているガリル。

（……あの魔馬《こ》ってば、潜在能力はすごいのに、アタシでもママでもその実力を引き出せなかったのに……ガリちゃんってば、初乗りで……ちょっとすご過ぎない!?)

困惑しながら、ガリルへ視線を向けているリスレイ。

「それじゃ、ちょっとお先に」

そう言うと、ガリルはリスレイをあっという間に抜き去っていった。

「……騎乗の訓練って……もう、そんな必要ないじゃん、ガリちゃん……なんか、自信なくすなぁ……」

そんな言葉を口にしながらも、その口元には笑みが浮かんでいた。

「……ガリちゃんもエリちゃんも、もうじきホウタウ魔法学校を卒業しちゃうんだよなぁ……ガリちゃんは、どうするんだろう?」

◇フリオ宅裏・フリオ工房内◇

フリオ家の裏には、フリオ家よりも一回り大きい建物が建っている。

その入り口にはフリオ工房の看板が掲げられており、そこではフリオが中心になってフリース雑貨店で販売する商品の開発・製造が行われていた。

その二階の一室に、フリオとタニアの姿があった。

「……なんと、ゾフィナがそのようなことを言ってまいったのでございますか……」

フリオから、昨夜現れたゾフィナからお願いされた内容を伝え聞いたタニアは、その顔に嫌悪の表情を浮かべながら忌々しそうに舌打ちした。

「まったく……この魔導船の技術《テクノロジー》は神界の物かもしれませんが、完全な状態の魔導船が存在しないこの世界でゼロから作り上げたのはフリオ様のお力に他ならないというのに……やはり、あの者……昨夜あそこで息の根を止めておくべきでしたわね」

窓の外を見つめながら、眉間にシワを寄せているタニア。

そんなタニアを、フリオは苦笑しながら見つめていた。

「……と、とりあえずさ、ゾフィナさんも仕事なんだし、そこは察してあげようよ。それに、ゾフィナさんには時間巻き戻し魔法の件でも迷惑をかけちゃったしね」

時間巻き戻し魔法事件……

光と闇の根源を司《つかさど》る魔法の一つである時間巻き戻し魔法。

それは、光と闇の根源を司る魔法の使い手であるヒヤですら使用するのに相当な魔力を必要とする上級魔法なのだが、その魔法をフリオは、敵対状態にあったヒヤの攻撃を受けて瀕死《ひんし》の重傷を負ったリースを救った時を含めて今までに二度使用したことがある。

しかし、この時間巻き戻し魔法は、クライロード世界の時空の運行に支障をきたすため、神界によって厳正に管理されており、使用者には神界より罰が与えられると言われていた。

……しかし、フリオの場合は、神界の女神達に回復薬を提供していたことと、ゾフィナの仲介のおかげで、厳重注意のみにとどまっていたのであった。


「まぁ……フリオ様がそう言われるのでしたら、従いますが……しかし、納得し難いですね……」

憤懣《ふんまん》やるかたないといった表情を浮かべているタニアなのだが、

「あ、そういえばフリオ様、先ほど書簡が届いておりました」

そう言うと、腕を一振りするタニア。

すると、その手に一通の封書が出現した。

「これは……カルゴーシ海岸を治めているバンビールジュニアさんからみたいだね」

宛名を確認したフリオは、開封しその中身を取り出した。

その書状は、クライロード魔法国の南方にあるカルゴーシ海岸一帯を統治している貴族・バンビールジュニアからのものであった。

「バンビールジュニア様というと、先日の定期魔導船就航式にもお越しくださっていたように思うのですが……」

「あぁ、そうなんだけど……」

タニアの言葉を受けて、先日の式典のことを思い出すフリオ。


式典当日……

わざわざカルゴーシ海岸から出向いてきたバンビールジュニアは、来賓席に座り、定期魔導船の処女航海にも乗船していたのだが……

（そういえば、あの日のバンビールジュニアさんって、一言も喋《しゃべ》られていなかったような……）

当日のバンビールジュニアの行動を思い出していたフリオは、そのことに思い当たった。

フリオの記憶の通り……

式典に参列したバンビールジュニアは、誰とも話をしなかっただけでなく、挨拶に訪れた姫女王すら逃げるようにして避けてしまっていたのであった。

バンビールジュニア——カルゴーシ海岸の統治者にして、重度のコミュ障なお嬢様なのであった。

「そのバンビールジュニア様が、何を言ってこられたのですか？」

「うん……えっと、まずは先日の式典の際に挨拶出来なかったことのお詫《わ》び……」

（……あぁ、挨拶出来なかった自覚はあったんだ、バンビールジュニアさんって）

その、几帳面《きちょうめん》な文面に、フリオは思わず苦笑する。

「それから……カルゴーシ海岸の近くに新たな厄災魔獣が潜伏しているらしいので、その討伐に力を貸してほしいって」

厄災魔獣……

本来、クライロード世界には存在しない凶悪な魔獣種。

出現すると、神界の使徒達が捕縛し、神界の地下世界であるドゴログマに放逐しているのだが、無数にある球状世界に不特定かつ不規則に出現するため、神界の使徒による捕縛作業が間に合わず、時に甚大な被害が起こってしまうことも多いという。

天災の根源とされる魔物であり、その強大な力ゆえに、神界の使徒が束になってかかっても倒すことが困難とされている。


「カルゴーシ海岸の沖合に、次元の狭間《はざま》があるみたいでね。あの地には厄災魔獣が登場しやすいみたいなんだよ。それで、厄災魔獣がまた出現したら連絡してもらうようにお願いしておいたんだ」

「そうですか。では、早速準備をいたしましょう」

「そうだね。それじゃあみんなにも伝えて、定期魔導船を使って遊びに行ってみようか」

「定期魔導船で、ですか？　恐れながらフリオ様の転移魔法を使えば一瞬で移動出来るのではありませんか？」

「確かにそうなんだけど、リースやみんなが定期魔導船でどこかに旅行に行きたいって言ってたからさ。カルゴーシ海岸なら定期便が出ているしちょうどいいかと思ってさ」

「なるほど。そういうことでしたら、早速皆様への連絡及び荷物の準備をさせていただきます」

スカートの裾を持ち上げながら恭しく一礼するタニア。

「うん、それじゃあよろしく頼むよ。僕も準備しておくからさ」

そう言うと、フリオは席から立ちあがり、扉へ向かって歩いていく。

そんなフリオの後ろ姿へ視線を向けているタニア。

（……神界の使徒でも、討伐することが難しいとされている厄災魔獣の討伐に向かうというのに、家族旅行のついでに討伐されようとなさるとは……さすがはフリオ様です）


フリオは厄災魔獣を今までに何十匹も討伐しており、その死骸から取り出した魔石を流用して定期魔導船の燃料にしていたのであった。

そのことを知っているからこそその、タニアの言葉であった。

◇数日後・ホウタウの街・魔導船発着場◇
休日のこの日……

一隻の定期魔導船が乗降タワーから離岸していく。

「わぁ、いよいよ出発だ！」

その光景を、窓から見つめていたフォルミナが歓声をあげていく。

その周囲では、ゴーロとベラリオが窓の外を見つめながら嬉しそうな表情を浮かべていた。

「すごいの！　すごいの！」

ワインも、窓に顔面を押し当てながら外の様子を眺めていた。

「あ、あの……ワインお姉ちゃん、そんなに顔を押し当てるのはよくないと思うのです……」

そんなワインの背後から、帽子を被《かぶ》ったリルナーザがおずおずとした様子で服を引っ張った。

すると、満面の笑みを浮かべているワインはリルナーザへ顔を向け、その首に腕を回した。

「リルリルも見るの！　見るの！」

「わ、ワインお姉ちゃ……あわわ」

窓に顔を押し当てられたリルナーザは、ワタワタと両手をばたつかせる。

ふんす！　ふんす！

そんなワインの足元に、サベア・シベア・スベア・セベア・ソベアのサベア一家が集まり、抗議の声をあげた。

生まれつき魔獣達に異常に好かれるリルナーザは、サベア一家の皆にも好かれており、彼女が行くところに常について回っていたのであった。

そんなサベア一家に気がついたワインは、

「あは♪　サベサベ達も見たい？　見たい？」

笑顔でそう言うやいなや、サベア一家全員を抱きかかえ、窓の前に移動させていく。

そのおかげで、どうにか解放されたリルナーザは、安堵のため息を漏らしていた。

そんなワイン達の背後に、エリナーザが歩み寄って来た。

「ワインお姉ちゃん、他のお客さんもいるんだからあんまり騒いじゃ駄目ですよ」

一同の後方から、エリナーザが笑顔で声をかける。

「うん！　わかったのエリエリ！」

そんなエリナーザに、笑顔で返事をするワイン。

近くにいたフォルミナ達も、一緒に返事をしていく。

その光景に、エリナーザは満足そうに頷いた。


この日、フリオをはじめとするフリオ家の面々は、カルゴーシ海岸行きの定期魔導船に乗って、一路、遥か南方にある、カルゴーシ海岸へ向かって出発していた。

早朝の上空は、肌寒さを感じさせる。

しかし、空調管理されている定期魔導船の中は適温に保たれており、寒さを感じる者は一人もいなかった。

「やっぱ、空からの光景は最高だね」

窓の外を見下ろしながら、笑みを浮かべているガリル。

「ホント、最高リン！」

そんなガリルの右腕に、ホウタウ魔法学校の同級生のサリーナが抱きついていた。

この日のために新調した薄手のワンピースを身につけているサリーナは、その顔に満面の笑みを浮かべながらガリルの腕に頬ずりしていた。

（……こうして、家族旅行に呼んで頂けるなんて……やっぱり私、嫁認定されてるリンね……）

そんな妄想をしながら、口の端から涎《よだれ》の筋を垂らしているサリーナ。

「この旅行に呼ばれているのはサリーナだけじゃないんだゴルァ！」

そんなサリーナに、ガリルの左腕に抱きつき、気合いの入ったゴスロリ衣装を身につけているアイリステイルが、手に持ったぬいぐるみの口を腹話術よろしくパクパクさせながら言葉をかける。

人見知りゆえに、ぬいぐるみを通して会話をするアイリステイル。

ちなみに、魔王軍四天王の一人、ベリアンナの妹でもある。

「何リン！」

「なんだゴルァ！」

ガリルを間に挟んで、いがみ合うサリーナとアイリステイル。

そんな二人の後方に立っているスノーリトルが、頬を膨らませながらにじり寄ってきた。

「お二人ともひどいですわ！　私もガリル様と一緒に窓の外の光景を満喫したいですのに！」

御伽《おとぎ》族の正装である民族衣装を身につけているスノーリトルは、肩を怒らせながらサリーナとアイリステイルを交互に見つめた。

そんなスノーリトルに、

「それは駄目リン！」

にっこり笑いながら拒否を口にするサリーナと、

「ここは譲れないんだゴルァ！」

手のぬいぐるみの口をパクパクさせながら腹話術よろしく声を発するアイリステイル。

「もう！　そちらがその気でしたら、私にも考えがございますわ！」

そう言うと、背負っていたリュックの中から一冊の本を取り出すスノーリトル。

本を開き、

「おいでなさい！　小人達！」

スノーリトルが本に手をかざすと、本自体が光り輝き中から小人達が飛び出してきた。


——御伽《おとぎ》族のスノーリトル。

彼女は、御伽《おとぎ》族にしか使えないという、物語の登場人物を具現化させる御伽《おとぎ》魔法を使うことが出来るのであった。


出現した小人達は、サリーナとアイリステイルの足にしがみつき、ガリルから引き離そうとする。

しかし、みんな小柄なため、束になってかかってもサリーナもアイリステイルもびくともしない。

……そう……まだ幼いスノーリトルが御伽《おとぎ》魔法によって呼び出すことが出来るのは、小形で非力な登場人物に限定されるのだが……

「み、みんなが頑張ってくれているんだから離れてくださいませ！」

「にっこりわらってお断りするリン」

「こっちもだゴルァ！」

互いに顔を見合わせている三人。

そんな三人の様子を前にして、ちょうど間の位置に立っているガリルは、

「みんな仲良くしようよ、せっかくの旅行なんだしさ」

笑みを浮かべつつ三人の顔を交互に見ながらそう口にした。

その笑顔を見たサリーナ・アイリステイル・スノーリトルの三人は、

「「「はい！」」」

その瞳をハート形にしながら、ガリルのことを見つめていく。

ほどなくして、スノーリトルはガリルの前に立つことになったのだが、

「ちょ!?　サリーナもそこがいいリン！」

「アイリステイルもそこがいいと言ってるんだゴルァ！」

「謹んでお断りいたしますわ」

今度は別の言い争いが発生していたのであった。

そんな三人を前にして、ガリルは苦笑することしか出来なかった。

「相変わらずモテモテだねぇ、ガリちゃんってば」

そんなガリル達の様子を、隣の窓のところから見つめているリスレイ。

その隣には、同級生のレイナレイナとレプターの姿があった。

「そうだよね、ガリルくんはホウタウ魔法学校でもとっても人気があるものね」

「だよね、ガリちゃんってば格好いいからねぇ。成長してからっていうもの、なんていうか、こう、すっごい紳士って感じになってきて、アタシも思わずドキッてすることがあるくらいだし」

その顔に笑みを浮かべながらレイナレイナと顔を見合わせるリスレイ。

その言葉に、リスレイの後方に立っていた蜥蜴《とかげ》族のレプターは、

「ま、まぁ……確かにガリルは男の俺が見ても格好いいもんな……」

その顔に複雑そうな表情を浮かべながら尻尾をソワソワと左右に動かしていた。

その様子に気がついたレイナレイナが、レプターの顔をのぞき込んでいく。

「あれぇ？　リスレイがガリルくんにドキッとするって聞いて、ヤキモチやいているんですかぁ？」

悪戯《いたずら》っぽい笑みを浮かべながら、口元を右手で押さえているレイナレイナ。

「ち、ちがうよ!?　な、何を言ってんだよ、レイナレイナってば……お、俺は別にリスレイのことは……そ、その……可愛《かわい》いなって思ってはいるけどさ……」

顔を真っ赤にしつつ、しどろもどろになりながら言葉を口にしているレプター。

そんなレプターを見つめながら、リスレイもまた、その顔を真っ赤にしていた。

「ちょ!? レプターってば、何、馬鹿なことを言ってるのよ!?」

レプターの背をパーンと叩《たた》くリスレイ。

「い、いや、あの……なんていうかだな……その……」

それを受けて、レプターはさらにしどろもどろになっていた。

お互いに、お互いのことを意識しているのは、誰の目にも明らかだった。

そんなレプターの背後に、不意に巨大な影が出現する。

「キミ、レプターくんと言ったかね？ ワシのリスレイと、一体どういう関係なんじゃ？」

ガッシとレプターの頭を摑《つか》んだのは、リスレイの父スレイプだった。

「え？ あ、あの……そ、その……俺、リスレイの同級生で……」

「ほう？ 同級生とな？ それにしては妙になれなれしい感じがするのじゃが？」

ジト目でレプターの顔面をのぞき込むスレイプ。

そのすさまじい圧力を前にして、レプターは体中から脂汗を流していた。

「ちょ、ちょっとパパってば、何してんのよ！」

そんなスレイプの背中を、リスレイが慌てた様子でポカポカと叩く。

「うむ、しかしじゃなリスレイよ、お主の交際相手であれば、父親であるワシとしてはじゃな、最初にしっかりと……」

「だから、レプターは、まだ彼氏とかそんなんじゃないから！」

「うぬ？　じゃが、先ほどの雰囲気は……」

「だからぁ！」

そんなやり取りを繰り広げているスレイプとリスレイの様子を、フリオは苦笑しながら見つめていた。

（……娘がいると、ああいった心配もしないといけないんだよな……）

そんなことを考えながら、フリオはその視線をエリナーザの方へ向ける。

その視線の先で、ゴーロやフォルミナ達の相手をしていたエリナーザは、フリオの視線に気がつくと、にっこりと笑みを浮かべた。

「私はパパ以外の男性に興味がないから心配しなくても大丈夫よ」

「あ、ありがとうエリナーザ……」

笑顔を浮かべているエリナーザに、苦笑しながら返事を返すフリオ。

（…そう言ってもらえるのは嬉しいんだけど、ちょっと複雑な気がしないでもないというか……）

そんなことを考えているフリオの側に、リースが歩み寄ってきた。

「大丈夫ですよ、エリナーザも年頃になったらきっと素敵な相手が見つかりますから」

「そ、そうだね。うん」

リースの言葉に、笑顔で頷くフリオ。

（……本当に、そうなってくれるといいんだけど……）

そんなことを考えながら、その顔に苦笑を浮かべるフリオだった。

「はっはっは、お互いに子を持つと色々と心配が絶えないな」

そんなフリオの下に、ゴザルが笑いながら歩み寄ってきた。

「ゴザルさんもフォルミナちゃんやゴーロくんの将来の伴侶のことが今から気になるんですか？」

「いや、私とウリミナスはそこまで気にしてはいないのだが……バリロッサがな」

苦笑しながらバリロッサへ視線を向けるゴザル。

その視線に気がついたバリロッサは、

「そ、それは当然ではないか、ゴザル殿。元とはいえゴーロは魔王の長男なのだぞ!?　その結婚相手ともなればそれなりの相手でないと……」

バリロッサは頬を赤く染めながらゴザルとフリオに言葉を返していく。

「そこまで心配する必要はないと、いつも言っておるではないか。私達は私達、ゴーロはゴーロだ。なぁ、ゴーロ」

腕組みしているゴザルの下に、ゴーロがテテテと歩み寄った。

ゴザルの足にしがみつくと、慣れた手つきでゴザルの体をよじ登っていき、あっという間に頭の上に昇りきった。

「……僕、フォルミナお姉ちゃんと結婚する」

ドヤ顔で、そう言い切ったゴーロ。

そんなゴーロの頭を撫《な》でながら楽しそうな笑い声をあげるゴザル。

「まぁ、今のゴーロの気持ちはこんなものだからな」

「い、いや、確かに今は姉であるフォルミナと一緒に行動することが多いからそう思うのも仕方ないのだが、これから先のことをだな……」

豪快に笑っているゴザルに、バリロッサは必死に訴えかける。

「……バリロッサも色々と気苦労が絶えないみたいだね」

そんな二人の様子を、フリオは苦笑しながら見つめていた。

「バリロッサはいいですよ、結婚して子供も出来てさ」

そこに、ブロッサムが歩み寄ってくる。

ブロッサムは農作業で日焼けしている腕を後頭部で組みながら、眉間にシワを寄せていた。

「ビレリーも結婚して子供が出来てるし、まさかのベラノまで……騎士団時代から一緒のパーティーを組んでたっていうのに、なんでアタシだけ取り残されてるんですかねぇ……とほほ……」

自虐気味に笑いながら落ち込むブロッサム。

「だ、大丈夫だよブロッサム。君だってまだ若いんだし、そのうちいい人が見つかると思うからさ」

フリオはその顔にいつもの飄々とした笑みを浮かべ、ブロッサムの肩を叩く。

「そうですよブロッサム、フリース雑貨店でもあなたは人気者ですし、そんなに深刻に考える必要はないのではありませんか？」

首をひねりながらブロッサムを見つめているリース。

リースの言葉通り、いつも元気で豪快な笑顔を絶やさないブロッサムは、フリース雑貨店に野菜の搬入に行く度に多くの人々から声をかけられていた……のだが……

「あの、リース様……アタシが人気なのは、もう結婚してるおっちゃんやその子供達相手にでして、妙齢の男性には、ちょっとねぇ……」

「あら？　子供のうちに唾を付けておけばあばば」

真顔のリースの口を、フリオが慌てて両手で塞ぐ。

（……リース、それは色々と問題があるから……）

（……だ、旦那様がそう言われるのでしたら、この案は取り下げますわ）

耳元で囁《ささや》くフリオに、こくりと頷くリース。

それを確認したフリオは、安堵のため息を漏らすと改めてブロッサムへ向き直った。

「と、とにかく、焦らずにいこうよ、ね、ブロッサム」

「そ、そうですね、今はそれしかないですよねぇ」

そんな言葉を交わしながら、笑いあう二人なのだが、

（……いや、しかし……フリオ様の言う通り確かに問題はあるけど、リース様の案も一考の余地が

あるんじゃあ……）

ブロッサムは、頭の片隅でこっそりとそんなことを考えていた。

そんなブロッサムに、カルシームがコップを差し出す。

「まぁまぁブロッサム殿、これでも飲んで落ち着きなされ。今日の売店のお茶は特に絶品じゃからな」

ホッホッホと笑っているカルシーム。

その頭の上にはいつものように娘のラビッツが抱きつきながら丸くなっている。

コップを受け取りながら、ブロッサムは売店に視線を向ける。

その視線の先、売店の中ではチャルンが自ら淹れたお茶をお客に手渡している姿があった。

「今日の売店の担当はチャルンだったのか。チャルンの淹れたお茶なら、そりゃ美味《うま》いに決まってるじゃん」

「うむうむ、今日のお客様にもとても好評なのじゃよ」

互いに笑みを浮かべながら、お茶をずずーっと飲み干していくカルシームとブロッサム。

フリオもチャルンからお茶を受け取ると、船内のみんなを見回しながら、その顔にいつもの飄々とした笑みを浮かべていた。

「あの、旦那様」

「なんだいリース？」

「我が家のみんなを同行させるのはいいとして、エリナーザとガリルの同級生も同行させてよかったのですか？　今回の目的は厄災魔獣の討伐なのですけど……」

「うん、まぁ、大丈夫じゃないかな？　ドゴログマでも問題なかったしさ」

かつてドゴログマ世界に厄災魔獣を捕縛しに向かったフリオは、ドゴログマ世界に魔法で別荘を建て、庭でバーベキューを満喫しながらその片手間に厄災魔獣を捕縛しまくったのであった。

その際に使用した別荘は今もドゴログマ世界に存在しており、フリオが定期的に厄災魔獣を捕縛しに出向いた際の拠点になっている。

「それに、エリナーザとガリルももうすぐ卒業だし、みんなとの思い出作りにもなるんじゃないかと思ってね」

「それもそうですね……」

フリオの言葉に、大きく頷くリース。

二人の視線の先には、友人達と談笑しているエリナーザとガリルがいた。

その隣には、サベア一家に囲まれているリルナーザの姿もあった。

仲良く寄り添っている三人の姿を、フリオとリースは笑顔で見つめていた。

そんな一行を乗せた定期魔導船は雲の上を航行しており、雲間から地上の景色を眺めることが出来た。

乗客達は、その光景を楽しみながら、目的地に到着するまでの時間を満喫していたのだった。

◇カルゴーシ海岸◇

数刻後……

雲の上を航行していた定期魔導船が、高度を下げ始めた。

「どうやら、そろそろカルゴーシ海岸に到着するみたいだね」

改めて窓の外へ視線を向けるフリオ。

「あれ？　なんかやってる？　やってる？」

出発時からずっと窓に顔面を押しつけながら外の様子を眺めていたワインが、窓の外を見つめながら声をあげた。

「何か……やってる？」

ワインの言葉を受けて、フリオは改めて窓の外を凝視する。

他の乗客達も、フリオに続いて一斉に窓の外へ視線を向けていく。

そんな一同の視線の先、定期魔導船の眼下では、カルゴーシ海岸を治めている貴族・バンビール家の現当主バンビールジュニアが魔導船近くまで高く飛翔しながら、眼下に向かって魔法弾を連射している姿があった。

　バンビールジュニアが発した魔法弾は、海上を移動している巨大な魔獣へ降り注いでいく。

「く、クライロード城にも魔法通信で救援を要請したし……救援が来るまでなんとか、食い止めないと……」

　魔力を全開にして、魔法弾を魔獣に向かって次々に叩き込んでいくバンビールジュニア。

　しかし、魔法弾の直撃を受け続けているにもかかわらず巨大な魔獣は何事もなかったかのように海岸に向かって進撃していく。

　魔獣の後方に海賊船団が続いており、砲撃を繰り広げながら海岸へ向かっていた。

　その前方に、横一線に並んだバンビールジュニアの旗を掲げた船団が、魔獣と海賊船に向かって砲撃を続けていた。

「えぇい！　ここでなんとしても食い止めるんだてめぇら！　ここで踏ん張れなかったら、バンビールジュニア護衛船団長のエドサッチの名が廃るってもんでぇい！」

　船団の中央に陣取っている一際大きな船の船首に立ち、両腕を振り回しながら他の船に向かって指示をとばしているエドサッチ。

　このエドサッチ……

　かつて真っ黒黒髭《くろひげ》海賊団を率いてバンビールジュニアを打ち破り、カルゴーシ海岸を自らの勢力下に治め、バンビールジュニアを妻に迎えようと躍起になっていたのだが……

フリオ達の協力を受けたバンビールジュニアの前に完膚なきまでに叩きのめされ、最後は魔族海賊団まで支配下に加え大勢力となったバンビールジュニアの前にあえなく降参し、その配下に加わっていたのだった。


「だぁれが船団長か！　その船団の責任者はワシじゃ！　勝手に船団長を名乗るでないわ！」

エドサッチが乗船している船の舳先に、筋骨隆々な巨人が立ち上がった。

長い白髪でもさもさな髪の毛を振り乱しながら、迫ってくる魔獣に対してまっすぐ向かっていくその巨人——ポルセイドン。


——ポルセイドン。

カルゴーシ一帯を治める貴族バンビール家に仕える側近の一人で海人族の老兵。

長いもこもこの口ひげを携えたマッチョな爺様《じいさま》で、一時的に巨大化することが出来る。


「おい、こら！　そこに立たれたら砲撃出来ねぇじゃねぇか！」

「馬鹿もん！　それをなんとかするのがお前の腕の見せ所であろう！　おい、ロリンデーム！　とっととこんか！」

右腕を伸ばす巨人。

すると、巨人の後方を平泳ぎで追いかけていた小麦色に日焼けしている小柄な少女がその顔に苦笑を浮かべた。

「まったくもう、ポルセイドンの爺さんってば久々の出番だからって張り切りすぎ……みたいな？」


――ロリンデーム。


カルゴーシ一帯を治める貴族バンビール家に仕える側近の一人で硬質スライム族の女。

常に真っ黒に日焼けしていて少女の容姿をしている。


次の瞬間、ロリンデームの体が光り、巨大な槍《やり》へと姿を変えていく。

「はいはい、私のピチピチしたナイスバディで、とっとと敵をなぎ倒す……みたいな？」

「ぬかせ！　見た目は若いが、ワシと同年代のくせに！」

「ちょ!?　それは言ってはなりませぬ……みたいな!?」

困惑した声をあげる槍状態のロリンデーム。

それをむんずと掴むと、ポルセイドンは魔獣に向かって突進していく。

その頭上を一匹の怪鳥《モンスターバード》が飛行していた。

「まったく、なんでこんな日に襲撃してくるっシャ～！　今日は大切な人が来る日なのにっシャ～！」

口から炎を吐き出しながら、ポルセイドンに続いて魔獣に向かっていく怪鳥《モンスターバード》ロップロンス。

――ロップロンス。

カルゴーシ一帯を治める貴族バンビール家に仕える側近の一人で怪鳥《モンスターバード》族。

大きな怪鳥《モンスターバード》の姿に変化出来るものの、普段は小柄な男の子。

その後方から、巨大なイカの姿をした魔族の女達が続いている。

この魔族達もかつてバンビールジュニアと敵対していた面々なのだが、フリオとバンビールジュニアの前に敗北し、それ以降、バンビールジュニアの部下になっていた。

フリオ達が乗船している定期魔導船の下方で、バンビールジュニアの一団と、魔獣を中心とした海賊船団が激しい攻防を繰り広げていた。

「えぇい、くそ！　このデカ物がぁ！　大人しく潰れちまえ！」

「ちょ、ちょっと爺さん!?　もっとデリケートに扱ってほしい……みたいなぁ!?」

ロリンデームの槍を振り回しているポルセイドンは、自分よりも巨大な魔獣を前に苦戦を強いられていた。

「えぇいくそう！　回れ回れぇ！　砲弾をかいくぐりながら正確な砲撃に努めやがれぇ！」

エドサッチが率いている船団も、歴戦の強者《つわもの》であるエドサッチの指揮により善戦しているものの、倍近い数の海賊船団を前に劣勢を強いられていた。

そんな攻防を、定期魔導船の窓から見下ろしているフリオ一行。

（……ひょっとしたら、バンビールジュニアさん達が戦っている魔獣が、書簡にあった厄災魔獣かもしれないけど……でも、海賊船団はいったいなんなんだろう？　魔獣が率いているはずはないだろうし……）

眼下の光景を見つめながら、考えを巡らせるフリオ。

そんなフリオの手を、リースが引っ張った。

「旦那様、助太刀にいきましょう」

リースは、牙狼族の牙と尻尾をすでに具現化させて、臨戦態勢をとっている。

「そうだね……あれこれ考えるよりも、今は魔獣達を排除するのが先だね」

リースの言葉に頷くフリオ。

そんなフリオの下に、ガリルが歩み寄ってきた。

「父さん、僕も行きますよ」

外套を脱ぎながら笑みを浮かべているガリル。

そんなガリルの後方で、

「ががが、ガリル様が行かれるリンなら、わわわ、わ、私も行くリン！」

サリーナが膝をガタガタ震わせながらも、ガリルに駆け寄っていく。

「あああ、アイリステイルも一緒に行くって言ってるんだゴルァ！」

口元にぬいぐるみをあて、その口をパクパクさせながら腹話術よろしく言葉を発するアイリステイル。

「あ、あの……わ、私もご一緒させて頂きたいです」

両手に、たくさんの御伽本《おとぎ》を抱えているスノーリトルもガリルの下に駆け寄っていく……しかし、本が多すぎて前が見えなくなっているらしく、ヨタヨタしながら真っ直《まっす》ぐ進めていない。

そんな中、サリーナはガリルの腕に抱きつくと、

「……ガリル様、死ぬ時はいっしょリン」

強《こわ》ばった笑みを浮かべながら、上目使いでガリルを見ていく。

そんなサリーナ達を、少し離れた場所で見つめていたリスレイ。

「そうね……どうせなら学校で勉強した魔法を試してみたいかも」

「えぇ!?」

その言葉に、動揺した声をあげるレプター。

「あああ、あのさリスレイ。あんまり危ないことはしない方がいいんじゃないか？」

「あら？　別に行きたくないのなら行かなくていいんだよ。あはは、なんか腕がなるなぁ！」

「ちょ、ちょっと待てよ……い、行かないなんて言ってないだろ……っていうか、お前だけ残していけるかって……」

「……え？」

「あ、い、いや……な、なんでもない……」

「……も、もう……変なこと言わないでよね」

「う、うん……な、なんかごめん」

リスレイとレプターは、いつの間にか互いに顔を赤くしながら俯《うつむ》いていた。

そこに、エリナーザが歩み寄っていく。

「みんなは無理しなくてもいいわよ。ここは私が引き受けるから」

エリナーザもまた、すでに両手の前に魔法陣を展開させ、臨戦態勢に入っている。

前髪で隠れている額の宝珠も光り輝き、いつでも魔力を全開に出来るよう準備を整えていた。

「あ、あの……エリナーザお姉ちゃんが行くのなら、私も……」

その後方にリルナーザが駆け寄っていく。

その足元に、サベアを筆頭に、シベア・スベア・セベア・ソベアの四匹も駆け寄り、全員後ろ足で立ち上がると、ふんす！　と気合いの入った鳴き声をあげていく。

そんな一同を見回しながら、その顔に笑みを浮かべるガリル。

「みんな気合いを入れているけどさ……僕達の出番があるかどうか、そっちの方が心配なんだけど

「……」

「へ？」

ガリルの言葉に、サリーナが目を点にしている。

他の面々も、周囲を見回しながら目を丸くしていた。

「あ、あれ……ワインお姉ちゃんがいない……それに、パパやママも……」

周囲を見回しながら、困惑した声をあげるリルナーザ。


そんな一同の前に、頭にラビッツを乗せたカルシームとチャルンが歩み寄って来た。

「ほっほっほ、まぁ、チャルンちゃんが淹れてくれたお茶でも飲みながら、一休みしてはどうかの？　もう皆様出発されておりますしな」

骸骨の骨をカクカクさせながら笑うカルシーム。

その隣でチャルンが、お茶の入ったコップを皆に配っていた。

◇海賊船の上◇

海賊船団の旗艦である大型船の甲板の上。

「ふむ……まだバンビールジュニア達の部下達を捕縛することが出来ませんか……」

海賊船団の船長ブリードックは、上品に整えられている顎髭《あごひげ》を触りながら前方を凝視していた。

豪奢《ごうしゃ》な飾りがちりばめられている衣装を身につけているブリードックは、右目にはめている片眼鏡を調整しながらため息をついた。

その横に、部下の海賊が駆け寄ってくる。

「ブリードック船長、左右の船で、魔獣に苦戦しているバンビールジュニアの側近達を包囲しようとしているのですが、エドサッチの船団がどうにも邪魔でして……」

「ふむ……バンビールジュニアに敗北し、海賊の魂を売り払った腰抜けの割りには、よく頑張っているということです、か」

ブリードックは片眼鏡を外し、胸に挿していたハンカチで拭いていく。

「仕方ありませんね。我らが操作しているあの魔獣をエドサッチの船団まで突っ込ませなさい。隊列が崩れたところをバンビールジュニアの側近ともども包囲し、殲滅《せんめつ》してしまいましょう」

「はい、わかりました」

敬礼をすると、部下の男は船尾に向かって走っていった。

「……やれやれ、しかし面倒な依頼ですねぇ……稀少《きしょう》な種族であるバンビールジュニアの側近達を生け捕りにしてこい、とは……とはいえ、昔から色々とお世話になっている方からの依頼ですし、無下にすることも出来ません、か……この商売も信用で成り立っていますし、ね……」

片眼鏡を空にかざし、汚れ具合を確認していく。

「……とはいえ、あのお方も最近はずいぶん落ちぶれておられる様子ですし……そろそろ潮時かもしれません、ね……」

片眼鏡を右目に戻すと、改めて前方へ視線を向けた。

「ともあれ、引き受けた以上、今回の依頼は完璧に遂行いたしま……」

ブリードックが前方を見ていると、

「どっか〜ん！」

「ん？」

女の声が周囲一帯に響き渡った。

同時に、前方に巨大な水柱があがり、ブリードックの海賊船の一隻が真っ二つになっていく。

「……はい？」

海底に沈んでいく海賊船を見つめながら目を丸くしているブリードック。

「……ど、どういうことですか？　あの位置の海賊船にエドサッチの砲撃が届くはずがありませんし……バンビールジュニアや、その側近達は魔獣の相手で手が離せない状態だというのに……」

◇◇◇

「ぶはぁ！　あはは、気持ちいい！　気持ちいい！」

海の中から笑顔のワインが飛び出してきた。

両腕を竜化させているワインは、上空から急下降しブリードックの海賊船を一撃で真っ二つにしたのであった。

海の上に、頭だけ出して嬉しそうに笑っているワイン。

「うむ……一番撃をワインに奪われてしまったか」

マントをなびかせながらワインの上空に滞空しているゴザルが、若干不満そうな表情を浮かべていた。

「……ならば、私は数で武功をあげるとするか」

右腕を振り上げると、ゴザルの上空に巨大な光の珠《たま》が出現した。

その珠が、やがて巨大な拳《こぶし》の形に収束していく。

「ふん！」

ゴザルが、気合いもろとも右腕を振るうと、その拳が海賊船に向かって落下していく。

――魔王の鉄槌《てっつい》
そのすさまじい威力の前に、一撃で海賊船の半数以上が海の藻屑《もくず》と化していく。

「あ～！　ずるい！　ずるい！　ワインも！　ワインもぉ！」

ワインが羽を羽ばたかせ、慌てて上昇する。

「っシャぁ!?」

「ほぇ!?　っあだぁ!?」

そんなワインの上空を飛行していたロップロンスに、急上昇したワインの頭がめり込んだ。

その勢いで、海岸に向かって豪快に吹き飛んでいくロップロンス。

「あわわぁ!?　ロプロプ!?」

頭をさすりながら、ロップロンスを追いかけていくワイン。

その後方で、

「久しぶりだからな、派手にいかせてもらうぞ!」

ゴザルはマントをなびかせながら、腕を振るい続ける。

あっという間に、海賊船のほとんどが海の藻屑になっていった。

「……なんだ、もう終わりか……」

「ちょ、ちょっとゴザル!　一人で全部かたづけてしまうなんてひどいですわ!」

フリオの魔法で背に羽を具現化させているリースが、慌てた様子でゴザルの下に飛翔していく。

ゴザルはそんなリースの眼前で、すました表情をして周囲を見回している。

(ゴーロやフォルミナ達にもう少し格好いいところを見せてやりたかったのだが……)

その表情の裏では、そんなことを考えているゴザルだった。

そんな二人の後方に、飛翔魔法で近づいていくフリオ。

(どうやら、僕の出番はなさそうだな)

フリオはそんなことを考えながら、海の上に漂っている海賊達のために救命ボートを海上に出現させていった。

その光景を、ガリル達は定期魔導船の窓から見下ろしていた。

「……み、皆さんすごいリン」

窓の外の光景を見つめながら、目を丸くしているサリーナ。

その横で、アイリステイルもぬいぐるみの口をパクパクさせることも忘れて呆然《ぼうぜん》としていた。

「た、確かにこれは……ガリル様が言われていましたように、私達の出る幕はなさそうですわね……」

納得したように頷いているスノーリトル。

そんな一同を見回しながらガリルは、

「みんな、すごい人達ばかりだからね……まぁ、当然といえば当然の結果だよ」

その顔に苦笑を浮かべていた。

そんなガリルの周囲では、

「あぁん、もう！　パパに良いところを見せたかったのに」

「くそう！　ワシの勇姿をリスレイやビレリーの目に焼き付けておきたかったのにぃ！」

ガリル同様に出遅れたエリナーザやスレイプ達が、悔しそうな表情をその顔に浮かべていた。

そんな一同の下に、頭上にラビッツを乗せたカルシームとチャルンが歩み寄っていく。

「まぁまぁ、皆の衆。せっかくなんじゃし、チャルンちゃんが淹れてくれたお茶でも飲みながら皆の応援でもしようではないか」

「さ、お受け取りくださいませでありんす」

皆にお茶の入ったコップを配っていくチャルン。

「ありがとうございます、チャルンさん」

ガリルが笑顔でそれを受け取る。

さらに、複数受け取ったそれを、サリーナやアイリステイル、スノーリトル達に、先に渡していくガリル。

スレイプ達も、チャルンからお茶を受け取っていく。

いつしか、魔導船の中にはまったりした空気が漂っていた。

◇◇◇

「い、いったい何がおこっているのです、か……」

ブリードックは、海賊船の残骸を見回しながら、その目を見開き、呆然としていた。

ブリードックの海賊船は魔獣の影に隠れるようにしていたおかげで、ゴザルの魔王の鉄槌の被害を受けずにすんだものの、他の船はずべて海の藻屑となっていた。

「こ、こうなってしまっては致し方ありません、ね……魔獣に護衛をさせながら撤退するといたしますす、か……」

右手で後方に合図を送るブリードック。

その合図を受けて、後方で杖《つえ》を構えていた魔法使いが新たな詠唱をはじめた。

杖の先端が光り輝いていき、それに呼応するように魔獣の頭部についている魔石も輝いていく。

すると、大きな鳴き声をあげた魔獣は、ゆっくりと沖合に向かって移動を開始した。

「……駄目……逃がさない！」

その上空に、バンビールジュニアが飛翔し、両手を魔獣に向かって振り降ろしていく。

――星屑《ほしくず》散弾波

光の珠が次々に魔獣の頭上を襲っていく。

「よし今じゃ！　いくぞロリンデームよ！」

ロリンデームが変化している槍を振り回しながら突進していくポルセイドン。

「ちょ、ちょ、ちょっと振り回し過ぎだってば……みたいなぁ!?」

槍から、悲鳴にも似た声があがった。

突進してくるポルセイドン達に身構えようとする魔獣。

しかし、バンビールジュニアの攻撃が降り注ぐため、うまく防ぐことが出来なくなっていた。

その光景を、フリオは近くの上空に滞空しながら見つめていた。

「……あの魔獣、結構強いんだな。バンビールジュニアさんの攻撃を受けているのに、ダメージは受けていないみたいだ」

フリオの言葉のとおり、バンビールジュニアの攻撃によって動きを制限されてこそいるものの、それはダメージを受けているからではなく、ブリードックの海賊船を庇《かば》っているためであった。

「このままだと逃げられてしまいそうだし、お手伝いした方がいいかな」

そう言うとフリオは魔獣に向かって両手を向けていく。

詠唱すると、その手の先に魔法陣が展開していく。


GUA?


魔獣は、体に違和感を感じたのか、その場で動きを止めた。

「ど、どうしたんじゃ!?」

魔獣の様子がおかしくなったことに気がついたポルセイドンが目を丸くしながら周囲を見回す。

次の瞬間、魔獣の頭上に巨大な魔法陣が出現し、その体を包みこんだ。

魔獣は必死に体を動かし、魔法陣から逃れようとする。

しかし、その魔法陣は、瞬く間に二つ、三つと出現し、魔獣の巨大な体を覆い尽くしていく。

「……よし、うまくいったみたいだ」

滞空しながら、魔獣に向かって魔法陣を展開していたフリオは、伸ばしている両腕を交互に回転させる。

すると、魔獣の周囲に展開していた魔法陣がすさまじい輝きを放ちはじめた。

「うわ!? ま、まぶしい!?」

「リン!?」

「な、なんだこれはゴルァ!?」

「な、なんなんですのぉ!?」

魔導船からこの光景を眺めていたガリル・サリーナ・アイリステイル・スノーリトル達も思わず目を押さえた。

そして、その光が消え去ると、そこにいたはずの魔獣の姿が消え去っていた。

「……な、何が起きたのじゃ!?」

その光景に、目を丸くしているポルセイドン。

「え～……な、何かあったの?……みたいなぁ……」

振り回されすぎて、目を回している槍状態のロリンデームがヘロヘロな声をあげた。

「……!? ……!? ……!?」

魔獣の上空を旋回していたバンビールジュニアも、目を丸くしながら周囲を見回している。

滞空しながら魔法陣を展開していたフリオは、満足そうに頷いていた。

「うん、魔法陣で上手《うま》く捕縛出来たみたいだ」

フリオが眼前に展開したウインドウの中には、魔獣がフリオの持ち物ストレージの中に収納されていることを示すアイコンが点滅していた。

「さて、魔獣のことは後で詳しく調べるとして……あとはあの船をどうかしないと」

フリオが視線を向けた先には、それまで魔獣の影に隠れていたブリードックの海賊船があった。

すでに周囲の海賊船はすべて沈没しており、他に海賊船の姿はない。


その海賊船の上……

「さて、これは困りましたね……この状態から逃げ出すにはどのような手を打つべきか……」

紅茶のカップを手に取り、口へ運ぶブリードック。

「ブリードック様……」

その後方に、先ほどまで杖を使って魔獣を操っていた女魔法使いが歩み寄ってきた。

「ふむ……仕方ありませんね。船を捨ててこの場から離脱しますか」

「かしこまりました」

ブリードックの言葉を受けて一礼した女魔法使いが杖を一振りする。

その瞬間、ブリードックと魔法使いの周囲に魔法陣が展開していく。

ブリードックはその口元に笑みを浮かべると、上空のバンビールジュニアへと視線を向ける。

「今日のところはこれで失礼いたしますが、近日中に参上させていただきますの、で……」

右腕を胸の前にあて、大げさな動作で一礼するブリードック。

魔法使いの女が再び杖を振ると、二人の体が光に包まれていく。

「て、転移魔法!?」

その意図に気がついたバンビールジュニアが、ブリードックに向かって急下降していく。

しかし、それよりも早くブリードックと女魔法使いの姿はその場から消え去った。


「ふぅ……少々危なかったですが、どうやら無事に戦線を離脱することが出来たようですね」

「さて、それはどうでしょう?」

「……うん?」

聞き覚えのない声を耳にしたブリードックは、周囲を見回した。

ブリードックの周囲は見渡す限り白くなっており、周囲には何も存在していなかった。

「……はて？　転移魔法でどこに移動したのですか?」

「い、いえ……こ、こんな場所に移動したつもりはないのですが……」

互いに顔を見合わせながら困惑した表情を浮かべるブリードックと女魔法使い。

そんな二人の後方に、一人の人物が姿を現した。

「ここは私の精神世界の中でございます」

「精神世界の中？　あなたは一体何を言っているのですか？」

「あら……精神世界のことを存じ上げていない無教養な方でございましたか、これは失礼いたしました」

二人の前で、恭しく一礼するその人物。

「我が名はヒヤ……光と闇の根源を司る魔人にして、至高なる御方にお仕えする者」

「ヒヤ……ま、まさか、か、かつてクライロード魔法国を壊滅寸前にまで追い込んだという、あの……」

ブリードックの頬を汗が伝った。

「そ、そそ、そ……それじゃあ……ここは、魔人ヒヤの精神世界の中……ってこと……」

「あら、そちらの女性の方は、この世界のことを多少はご存じのようですね」

ヒヤが見定めるようにして、女魔法使いを足元から頭の上まで見つめていく。

「ただ、残念ながら私の友と一緒に修錬をするには惰弱に過ぎるようですね……」

そう言って、ヒヤが女魔法使いに向かって右手を伸ばす。

その手の先に魔法陣が出現すると、

「え、えぇぇぇぇぇぇぇぇ!?」

女魔法使いの体があっという間に魔法陣の中へと吸い込まれていった。

「……ふむ、やはりこの程度の魔力量では、魔石生成の手助けにもなりませんね……仕方ありませんので、この世から消えていただくことにしましょうか」

「き、消えるって……あ、あの女魔法使いは……そ、それなりの使い手だったはずですが……」

平静を装いながらも、ブリードックの声は若干裏返っていた。

そんなブリードックの前で、その顔に苦笑を浮かべるヒヤ。

「残念ながら、私の基準を満たす使い手ではありませんでしたね」

ヒヤが右手を振ると、その後方に二人の女が姿を現した。

「この二人は、私の修錬の友。暗黒大魔導士ダマリナッセと、邪神大魔導士マホリオンです。それなりの使い手と言われるのでしたら、これくらいの者でございませんと」

ヒヤがその口元に微笑を称《たた》える。

その右にダマリナッセ、左にマホリオンが歩み出る。

「ヒヤ様、こいつどうするんで？」

「私の魔法で瞬時に消し去りましょうか？」

ともに、腕の前に魔法陣を展開している二人。

そんな二人の前に歩み出るヒヤ。

「本来でしたら、とっくにこの世から消えて頂くところですが……」

◇◇◇

「あ、あの……また、お世話になってしまって、本当に、なんて、お、お礼を申し上げればよろしいのか……」

バンビールジュニアが顔を真っ赤にしながら、フリオに向かって言葉を発している。

そんなバンビールジュニアの様子を、フリオはいつもの飄々とした笑みを浮かべながら見つめていた。

（……人見知りは相変わらずみたいだな……）

「いえ、そんなに気を使わないでください。それよりも、あの人の処分をお願いしてもよろしいですか？」

フリオが指さした先には、ヒヤの魔法の紐《ひも》でグルグル巻きにされているブリードックの姿があった。

「今回の首謀者みたいですし、動機とかを聞き出す必要があると思いまして、こうして連行して来たのですが」

「あ……は、はい……あ、あの……ぼ、ボクが責任を持って尋問いたしますので……」

あたふたしながら、ブリードックの下へ駆け寄っていくバンビールジュニア。

フリオはその後ろ姿を苦笑しながら見送った。

そんなフリオの後方にヒヤが歩み寄ると、その耳元に自らの口を寄せる。

「至高なる御方のご命令ですのでこうして連行してまいりましたが……至高なる御方がご許可くだされば、このヒヤの自白魔法ですべて聞き出しましたものを……」

その言葉に、思わず苦笑するフリオ。

（……以前、農場の野菜を盗もうとした泥棒に自白魔法をかけたのはいいけど……後ですべての記憶をなくしてしまったことがあったからなぁ……）

「まぁ、ここはバンビールジュニアさんが治めている場所なんだから、お任せしておこうよ」

「わかりました。すべては至高なる御方の御心《おこころ》のままに」

ヒヤがその場で恭しく一礼すると、フリオは飄々とした笑みを浮かべて満足そうに頷いた。

「そういえば……」

フリオは、ブリードックを連行する指示を出しているバンビールジュニアの下へ歩み寄った。

「バンビールジュニアさん、書状にありました厄災魔獣のいる場所はわかっているのですか？　もしよろしければ、すぐにでも討伐に向かいたいのですが……」

そんなフリオの前で、バンビールジュニアは困惑した表情を浮かべた。

「……ひょっとして、まだ居場所がわかっていないのですか？　それでしたら、僕達が捜しに行きましょうか？」

フリオがそう言うと、そこにリースが駆け寄ってきた。

「旦那様のお手を煩わせることはありませんわ！　今度こそ、このリースが厄災魔獣を見つけ出して、お役にたってみせますわ！」

そう言うが早いか、牙狼族の耳と尻尾を具現化させ、すぐにでも駆け出そうとするリース。

そんな二人の会話を聞いていたバンビールジュニアは、慌てた様子で首を左右に振った。

「そ、その……い、居場所はわかっているのですが……その……」

口ごもりながら、バンビールジュニアはそっと右手の指をフリオに向ける。

「？　僕がどうかしましたか？」

「そ、その……ですから……先ほど、フリオ様が魔法で回収された魔獣が、厄災魔獣なんです……」

「……え？　あの魔獣が!?」

バンビールジュニアの言葉に思わず目を見開くフリオ。

慌てた様子で、ウインドウを表示させる。

自分の持ち物ストレージの中を確認すると、先ほど収納したばかりの魔獣のウインドウを開いた。

『厄災の魔鯨（厄災魔獣）』

「……ほんとだ……あいつが厄災魔獣だったんだ」

「え～……」

フリオの言葉に、がっくりと肩を落とすリース。

「海賊船はワインとゴザルが片づけてしまいましたし、厄災魔獣は旦那様が捕縛しておられて……これでは私が旦那様のお役にたてないではありませんかぁ……」

「あ、あの……り、リースには家事を頑張ってもらっているし、それに、僕としては奥さんを危険な目に遭わせたくなかったし……」

フリオが照れくさそうに、右手の人差し指で頬をかいた。

そんなフリオを、上目使いに見つめるリース。

「旦那様……そう言って頂けるのは嬉しいのですが……やっぱり戦闘《こっち》でもお役に立ちたいですわ」

リースが右手の人差し指で、フリオの脇腹をつついた。

そんなリースの様子に、フリオは思わず苦笑する。

「えっと、とりあえずさ、海に投げ出された海賊さん達の救出作業がまだ終わっていないみたいだし、そのお手伝いに行こうか」

「わかりました！　今度こそ旦那様のお役に立ってみせますわ！」

嬉々《きき》とした声を上げながら、海に向かって走っていくリース。

フリオはその後ろ姿を、苦笑しながら見つめていた。

海上では、遅れて駆けつけたエリナーザが、救命ボートに乗りそびれている海賊達を魔法で空中に浮き上がらせては、海岸へ移動させていた。

「さて、僕も手伝うとするか」

小さく息を吐き出すと、リースの後を追いかけるように海へ向かって飛翔していった。

◇その頃・カルゴーシ海岸の内陸部◇

「う、う～ん……っしゃあ……」

目を覚ましたロップロンスは、首を左右に振った。

「あ……あれ……僕はどうしたんだっしゃ？……」

ロップロンスは、意識がまだはっきりとしないながらも考えを巡らせていく。

（えっと……バンビールジュニア様やポルセイドン達と一緒に、魔獣と海賊船を迎え撃っていたはずっシャけど……その途中で何かが海から上昇してきて、そのまま跳ね飛ばされっシャって……）

「……か、海賊はどうなったッシャ!?」

状況を把握したロップロンスは、慌てて上半身を起こした。

むにゅ
その顔が、何か柔らかいものにぶち当たり、その反動で再び倒れ込むロップロンス。

「あ……え？……っシャ？」

困惑するロップロンス。

その後頭部にも、何か柔らかい感触があることに気がついたロップロンスは、困惑しながら周囲を見回していく。

そんなロップロンスの目の前、大きな膨らみの向こうからひょっこりと、女の子の顔が出現した。

「あ！　ロプロプ、目が覚めた？　覚めた？」

「え？　わ、ワインちゃんっシャ!?」

その顔がワインであることに気がついたロップロンスは、今、自分がおかれている状況をようやく把握した。

（……えっと……僕は、あの後気絶して……それをワインちゃんが介抱してくれていたっシャ!?

……っていうか、さっき当たったのって、ワインちゃんの胸……っシャで……僕の頭の下にあるのって、ワインちゃんの太もも……）

怪鳥《モンスターバード》族のロップロンスは龍族のワインに恋心を抱いており、いつかワインに認められる怪鳥《モンスターバード》になれるよう、日々努力を続けていたのであった。

「あわわ!?　わわわ、ワインちゃん、ごめんッシャ!?　すすす、すぐにどくっシャ!?」

再び上半身を起こそうとするロップロンス。

そんなロップロンスを、ワインが上から押さえつけた。

「駄目！　駄目！　ロプロプすっごく吹き飛んだから、もう少し休むの！　休むの！」

ワインが上から覆い被さるようにして、ロップロンスを押さえこむ。

そのため、ロップロンスはワインの豊満な胸で押しつぶされる格好になっていた。

ロップロンスは顔が真っ赤になり、言葉を発することも出来ないまま、その場で硬直している。

そんなロップロンスのことを心配しながら見つめているワイン。

海岸近くの森の中、二人はこの体勢のまましばらく時間を共有したのだった。

第三章 ……金髪勇者かく戦えり……8

◇とある森の中◇

山間の悪路を、その馬車はすさまじい勢いで走り続けていた。

「ちぃ！　しつこいヤツだ……」

操馬台に座っている大柄な男は、忌々しそうに舌打ちしながら後方へ視線を向けた。

その男の視線の先、馬車の周囲を黒い影が追いかけていく。

その影は、馬車の左後方につけて併走し始めると、馬車の車軸めがけて巨大な鎌を振り下ろした。

ガラガラガシャアアアアアア……

片側の車軸を砕かれ、馬車は街道に倒れ込む。

そのはずみで、馬車を引いていた馬との連結が外れてしまい、馬だけが前方へ走り去っていった。

「こ、この野郎、邪魔するんじゃねぇ！」

立ち上がった大男は、両腕を振り回しながら影の方へ駆け寄る。

ゴーレムらしく、異常に発達した両腕を豪快に振り回す大男。

「クッソうるせぇんだよ！　この魔族さらいがぁ！」

対する影は、巨大な鎌を豪快に振り回した。

月影に映し出されたその姿は小柄な女のそれだった。

体格で圧倒的に劣っているその女は、大男が振り降ろした両腕を大鎌でガッチリと受け止める。

「な、なんだとぉ!? 俺様の豪腕をお前みたいなチビ助がなんで受け止めれるんだ!?」

「は！ 魔王軍四天王をクッソなめるんじゃねえよ！」

「ま、魔王軍四天王だとぉ!?」

驚愕《きょうがく》の声をもらす大男。

その隙を突いて、女は大男の眼前で大鎌を豪快に振り回す。

大鎌が軌道を描く度に、大男の体が切り刻まれていく。

ゴーレムの巨石の体が地面に落下し、やがてピクリとも動かなくなった。

「ったく、クッソ手間をかけやがって……あとでロリンデームにクッソ修復してもらって、クッソみっちり自供してもらうからな」

女は大鎌を肩に担ぎながら馬車の残骸をかき分けていく。

すると、その中から、四角く透明な箱状の物体が現れる。

箱状の物体の中には、二人の女が抱き合うようにしてうずくまっていた。

衝撃から体を守るためか、二人とも頭を抱えながら互いに抱き合っていた。

二人に怪我《けが》がないことを確認したその影は、安堵《あんど》の息をもらす。

月光に映し出された女は鎌を振るうと、その箱状の物体を切り裂いた。

「あんたら、捜索依頼が出されていた御伽族《おとぎ》のヘンデルとグレアテルでクッソ間違いないね？」

鎌を持った女の言葉に、二人の女――ヘンデルとグレアテルは、何度も頷《うなず》く。

その様子を確認した女は、大鎌を肩に担いだままニカッと笑みを浮かべた。

「アタシの名はベリアンナ、魔王軍四天王の一人さ。魔王ドクソン様のクッソ命令を受けて、あんたらの捜索をおこなっていたんだけど、まぁ、クッソ無事でよかったよ……」

その女――ベリアンナの言葉にようやく安堵したのか、ヘンデルとグレアテルの二人は、涙を流しながらベリアンナに抱きついた。

「あ、ありがとうございます……ありがとうございます……」

「森を散歩していたらいきなりあのゴーレムに襲われて……」

ヘンデルとグレアテルは、嗚咽《おえつ》を漏らしながらベリアンナに語りはじめる。

ベリアンナは、そんな二人の頭を優しく撫《な》でていた。

(この二人、妹のアイリステイルとそんなにクッソ年齢が違わないじゃないか……こんなヤツらを稀《き》少《しょう》な種族だからってさらっていくクッソ野郎がいるなんて……ったくどうなってやがるんだ……この間、森の中で追跡したクッソ喋《しゃべ》る馬車がクッソ怪しかったんだけど……ったく、あのクッソ馬車のヤツ、どこに逃げやがったんだ……)

そんなことを考えながら、ヘンデルとグレアテルの二人を落ち着かせたベリアンナは、馬車の残骸の中に、犯人達《たち》の痕跡がないかどうか探っていった。

しかし、ヘンデルとグレアテルの二人を閉じ込めていた魔法牢獄《ろうごく》も破壊と同時に消滅したため、何一つ手掛かりを見つけ出すことが出来なかった。

（ったく今回もクソ収穫なしか……犯人は一体クッソどんなヤツなんだ）

魔王ドクソンの命令を受け、稀少種族達の誘拐事件の調査を続けているベリアンナは、内心で舌打ちをしていた。

◇◇◇

森の中を一頭の馬が疾走していた。

先ほど、ベリアンナによって破壊された馬車から離れたこの馬は、森の中を駆け続けていた。

その馬は、しばらく後方から追っ手が来ていないかどうか気にしながら駆けていたのだが、追跡がないことを確認すると、再び疾走しはじめる。

しばらく進むと、その馬は周囲を気にしながら、崖と崖の間に口を開けている洞窟へと入っていった。

ボコッ

馬が入っていった洞窟の近くの木の根元に、穴が出現した。

その中から、金髪勇者がひょっこりと頭を覗《のぞ》かせた。

「あのベリアンナとかいう女を追っていれば失踪事件に出くわすのではないかと思っていたが、予想通りだったな」

前方の洞窟をジッと見つめている金髪勇者。

すると、その後方からヴァランタインが顔を出した。

「あ、あのぉ……き、金髪勇者様ぁ……はぁ、はぁ……失踪事件に出くわしたのは理解いたしましたけどぉ、なんで馬の方を追いかけたのですかぁ……しかも、わざわざ地下に穴を掘って追いかけるだなんて……はぁ、はぁ……」

荒い息を繰り返しながら額の汗を拭うヴァランタイン。


そう。金髪勇者は、ベリアンナが馬車を破壊した時にその様子を物陰から窺《うかが》っており、馬車が破壊されると巨人ゴーレムには目もくれず、走り去った馬を追いかけていた。

しかも、高速で穴を掘り進めながらその後を追いかけた金髪勇者。

超高速で穴を掘り進めることが出来る伝説的アイテム、ドリルブルドーザースコップがあってこそ可能だった芸当である。

もっとも、高速移動出来るのはドリルブルドーザースコップを持っている人物だけのため、金髪勇者以外の面々は、穴の中を走って追いかけるしかなかったのである。

全力疾走で、金髪勇者の後を追いかけてきたヴァランタインは、荒い息を繰り返していた。

元邪界十二神将の一人であったヴァランタインは、魔法を使えば高速移動することも可能なのだが、大気の中に魔素が充満していた邪界に比べて、大気中の魔素の濃度が薄いクライロード世界では魔力の消耗が激しいため、魔法を乱発することが出来ないのであった。

そんなヴァランタインへ金髪勇者が視線を向ける。

「仕方あるまい。あの怪しい馬に気付かれることなく追いかけるにはこれしか手がなかったからな」

「確かに、地下を掘り進んで追いかけられているなんて思いつきもしないでしょうけどぉ……それよりも、なんであの馬が怪しいと思われたのですか～？」

ヴァランタインは息を整えながら、困惑した表情を浮かべている。

そんなヴァランタインに向かって、真顔を向ける金髪勇者。

「うむ、私の勘だ」

「……か、勘……です、のぉ!?」

その言葉に、ヴァランタインは唖然《あぜん》とした表情を浮かべる。

（……い、いくら金髪勇者様でも、勘だなんて……）

「そうですねぇ、金髪勇者様の勘なのでしたら、間違いありませんねぇ」

ヴァランタインの後方から、女の声が聞こえてきた。

その声と同時に、ヴァランタインのすぐ後ろでツーヤが顔をのぞかせた。

ツーヤもまた、ヴァランタインと同様に肩で息をしている。

そんなツーヤに、怪訝《けげん》そうな表情を向けるヴァランタイン。

「あ、あのぉ……ツーヤ様はぁ、なんでそう断言出来るのですかぁ？」

そんなヴァランタインに、真顔を向けるツーヤ。

「だってぇ、金髪勇者様ですものぉ」

肩で息をしながらも、ツーヤはドヤ顔となっていた。

（……そういえば、そうでしたわねぇ……私も、金髪勇者様の勘で救われたのでしたねぇ……）

かつて、邪界の手先としてクライロード世界に出現したヴァランタイン。
しかし、魔力を使い果たし、為《な》す術《すべ》なく致死罠《わな》付落とし穴に落下しかけたところを金髪勇者の
『私の勘がこいつを殺してはいかんと言っているのだ』
という一言と捨て身の行動で命を救われたのであった。

「じゃあ、早速あの洞窟の中に忍び込みましょうかぁ」

「う、うむ……そ、そうしたいのは山々なのだが……」

「あ、あらぁ？　ち、ちょっと変ですねぇ……」

ヴァランタインの言葉を受けて、金髪勇者は穴の中から這《は》い出そうとする。

しかし、穴の出口に金髪勇者・ヴァランタイン・ツーヤの三人が同時に顔を出したため、ぴったりと穴を塞ぐ形になってしまい、三人とも身動きがとれなくなっていたのであった。

「き、金髪勇者様ぁ、穴の入り口を広げてくださいぃ」

「ば、馬鹿者！　両腕がはまってしまっていて魔法袋の中からドリルブルドーザースコップを取り出せないではないか！　えぇい、この！」

「あぁん。そんなに揺さぶられてしまっては、私の豊満な胸が潰れてしまいますわぁ」

「そ、それは私もですぅ……ちょ、ちょっと変なところが当たってますぅ」

「ば、馬鹿者!?　変な声を出すでない」

穴の出口で身動き出来なくなっている金髪勇者・ヴァランタイン・ツーヤの三人。

そんな三人を、穴の中から、アルンキーツ・ガッポリウーハー・リリアンジュの三人が見上げていた。

「さてさて、これはどうしたものでありますか……」

「とりあえず、みんなの尻でも押してみるかい？」

「そうでござるな、それしか手はなさそうでござるし……」

三人は頷き合うと、
リリアンジュがヴァランタイン

アルンキーツがツーヤ

ガッポリウーハーが金髪勇者

それぞれのお尻を両手で持ち上げていく。

「ちょ!? が、ガッポリウーハーよ、な、何をしようとしているのだ!?」

「え〜？ だってこのままじゃ外に出られないじゃん？ だから尻を押して出そうと持ったわけでね。んじゃ、いくよ〜いっせ〜の〜、せっ！」

「で、あります！」

「ござる！」

ガッポリウーハーのかけ声で、両手に力を込める三人。

「お、おい、待て!? なんだかヌメヌメしてないかガッポリウーハーよ!?」

「え〜？ だってぇ、アタシは非力だからさぁ、触手で押した方がちょっとだけ力が強いんだけどぉ?」

「ちょ、ちょっと誰よぉ、変なところを触っているのはぁ!?」

「へ、変なところでござるか!? せ、拙者はただヴァランタイン様のお尻を……」

「自分もツーヤ殿のお尻の真ん中を押し上げているだけでありますが?」

「あ、アルンキーツさぁん!? そ、そこは真ん中過ぎて色々とよろしくない場所ですので困りますぅ！」

穴の中の三人が押す度に、穴から顔をのぞかせている三人が悲鳴をあげる……しばらくの間、その繰り返しが繰り広げられていった。

◇◇◇

しばらく後、どうにか穴から抜け出した金髪勇者一行は、先ほど馬が駆け込んだ洞窟の中へと足を踏み入れていた。

「さてさて、何がでますかねぇ?」

最後尾に陣取っているガッポリウーハーが、前方を歩いているアルンキーツに隠れるようにしながら周囲を見回す。

「ガッポリウーハーよ、屋敷魔人のお前の能力で洞窟の奥の様子を調べることは出来ないか?」

先頭を歩いている金髪勇者の言葉に、ガッポリウーハーは大げさな仕草で首を左右に振る。

「あ〜……普通の洞窟なら出来ないこともないんですけどね、この洞窟ってば明らかに隠蔽魔法がかけられてますし……って、あ!?」

「……む」

何かに気がついたガッポリウーハーが前方を指さすと、金髪勇者一行は一斉に足を止めた。

次の瞬間……洞窟の奥から無数の魔法弾が撃ち込まれる。

金髪勇者一行は慌てて、岩陰に逃げ込んだ。

「……まぁ、そう簡単に奥へ行けるとは思っていなかったが……」

金髪勇者は、岩陰に隠れながら洞窟の奥の様子を窺い続けていた。

洞窟の奥から打ち込まれてくる魔法弾は一行に止《や》む気配がなく、金髪勇者一行は岩陰から一歩も動けなくなっていたのであった。

「金髪勇者様ぁ、このまま魔法弾が止むのを待つのですかぁ？」

金髪勇者の横で頭を抱えているツーヤ。

金髪勇者はそんなツーヤを左腕で庇《かば》いながら、打開策を求めて周囲を見回す。

「そうしたいのは山々だが……それまで、この岩が持ちそうにないな……」

金髪勇者の言葉通り、金髪勇者が潜んでいる岩は撃ち込まれ続ける魔法弾に、削られ続けていた。

「これだけ連続して魔法弾が撃ち込まれ続けていると、敵陣に切り込むことも敵《かな》わないでござるな……」

肘から先を刀身に変化させているリリアンジュが忌々しそうに舌打ちした。

「ならば、ここは荷馬車魔人である自分が装甲馬車に変化して、魔法弾を防ぎながら進むであります！」

そう言うと、岩場から飛び出すアルンキーツ。

同時に姿を変化させようとする……のだが、変化前に飛び出してしまったアルンキーツは、

「あばばばばばばばばばばばぁ」

あえなく魔法弾の餌食になってしまう。

「ば、馬鹿者！　体を変化させる前に飛び出す馬鹿がいるか！」

金髪勇者は倒れこんだアルンキーツの足を摑《つか》み、岩陰に引き込む。

「仕方ありませんねぇ、ここは私が邪の糸でぇ……」

ヴァランタインは、その両手に邪の糸を出現させながら前方へ視線を向けていく。

そこにガッポリウーハーが、ほふく前進で近寄っていった。

「ヴァランタイン様は、最後の切り札ですしぃ、ここは私におまかせくださいな」

「でもぉ、あなたってば、隠蔽魔法のせいで能力が使えないんじゃないのぉ？」

「奥の様子を探ることは出来ませんけどねぇ、魔法弾を撃ちまくっているヤツをどうにかするくらいなら、なんとかなると思いますよ。幸いここは、屋内と同じ閉鎖空間ですからねぇ」

そう言うと、前方に向かって両腕を伸ばすガッポリウーハー。

【ＡＬＬ　ｔｈｅ　ＲＯＯＭ】

ガッポリウーハーが詠唱すると同時にその体が洞窟の壁に溶け、壁一面を黒く覆い尽くしていく。

ガッポリウーハーが変化した黒壁は、すさまじい勢いで洞窟の奥へと向かって増殖しはじめた。

ＡＬＬ　ｔｈｅ　ＲＯＯＭ……

屋敷魔人にしか使用出来ない空間支配魔法。

閉鎖空間の壁を自らが変化した黒壁領域で覆い尽くし、その内部に存在する生物の精神を支配し意のままに操ることが出来る魔法である。

ガッポリウーハーが変化した黒壁が洞窟の奥へ伸びていくと、程なくして魔法弾が途絶え、洞窟内に静寂が訪れた。

「……どうやら上手《うま》くいったみたいですねぇ」

右手を額の上にあてながら洞窟の奥へ視線を向けているツーヤ。

「そうだな。ガッポリウーハーよ、もう戻っていいぞ」

洞窟の奥に向かって金髪勇者がそう声をかける。

しかし、ガッポリウーハーからの返事はなかった。

「……どうにも、様子がおかしいでありますな……」

リリアンジュが地面に耳をつけ、洞窟内の音を聞き取ろうとする。

その時だった。

洞窟内を覆い尽くしていたガッポリウーハーの黒壁が唐突に岩肌へと戻った。

同時に、洞窟内に、足音が響いていく。

「ＡＬＬ　ｔｈｅ　ＲＯＯＭかぁ……話では聞いたことがあったけど、見たのははじめてだなぁ……

いやぁホントすごいね、屋敷魔人って。さすがは稀少な魔人だけのことはあるなぁ」

洞窟の奥から、幼さの残る男声が聞こえてきた。

徐々に近づいてくる足音。

そして、金髪勇者の前に、一人の男が姿を現した。

少年にしか見えないその少年は、白いタキシードを身につけている。

「どうした少年、道にでも迷ったのか？」

金髪勇者は、腕組みをしながら男に声をかける。

その横で、ツーヤがにっこり微笑《ほほえ》んだ。

「大丈夫ですよ、怖くないですからねぇ。お姉さん達が洞窟の外まで案内してあげますよぉ」

右手を伸ばすツーヤ。

しかし、その男はツーヤが伸ばした右手を見つめながら、その顔に冷ややかな笑みを浮かべた。

「何？　君たち、僕を見た目だけで子供だと判断してるの？　バカだなぁ」

そう言うと、少年はクスクス笑いながら、右手の指をパチンとならした。

その音と同時に、男の後方から、背中から触手を伸ばしている女が出現した。

「む？　あ、あれは……」

その女の触手を見た金髪勇者が目を丸くした。

触手の一本が、人の姿に戻ったガッポリウーハーを捕縛していたのである。

ガッポリウーハーは触手の内部に飲み込まれており、頭だけが外に出ていた。

意識が混濁しているのか、その目は焦点があっておらず、女が動く度にその頭部がガクガクと揺れ続けている。

なすがままのガッポリウーハーを見つめながら、その男はクスクスと笑った。

「知ってる？　君たちの屋敷魔人を捕獲したこの子、触手族なんだよ？　痺《しび》れ毒を出すことが出来る触手を持っているんだけど、痺れ毒を中和させて性的趣向品として高値で取引されることが多くてね。闇の業者達が乱獲し過ぎちゃって、今はもう数えるほどしか生き残ってないんだけど、そんな稀少な魔人を従えている僕って、なかなかすごいでしょ？」

そう言いながら、クスクスと笑う男。

そんな男の前で、金髪勇者は腕組みをして問いかける。

「……それで？　お前は一体何者なのだ？」

「普通、人に名前を聞く時は自分から名乗るものなんじゃないの？　ま、いっか。僕の名前はコレクタブル。クライロード世界のありとあらゆる稀少種族を収集することを趣味にしていて……えっと、今年で何歳になったんだっけなぁ。人魚族の肉を使った回復薬のおかげでずいぶん長生きさせてもらっているからね」

コレクタブルは、クスクス笑いながら金髪勇者に向かって一礼した。

「今回は、わざわざ稀少度8の屋敷魔人を提供してくださり真《まこと》にありがとうございます。魔人のコレクションは滅多に手に入らないからとっても嬉《うれ》しいよ。じゃ、君達にはもう用はないから帰っていいよ」

右手で、しっしっと金髪勇者を追い払う仕草をするコレクタブル。

金髪勇者は、腕組みをしたままコレクタブルを凝視している。

「つまり貴様は、ロリ爺《じじ》ぃというわけか……どうりでわけのわからない話をするわけだ。いいか？ガッポリウーハーは私の大切な従者の一人だ。貴様の物ではない」

「そ、そうですよ！　ガッポリウーハーさんを返してください！」

その横で、大きな声をあげるツーヤ。

しかし、コレクタブルと女触手族の姿に気圧《けお》されているのか、金髪勇者の影に隠れるようにしながらへっぴり腰になっていた。

その横から、ヴァランタインが一歩前に踏み出した。

「坊やぁ、今、ガッポリウーハーを返したら、お尻ペンペンで許してあげるわよぉ」

その手から、邪の糸を出現させながら、妖艶な笑みを浮かべるヴァランタイン。

その横では、肘から先を刀身に変化させているリリアンジュが、身を低くして臨戦態勢をとっていた。

なお、アルンキーツは岩陰で気絶したままだった。

そんな金髪勇者一同を見回したコレクタブルは、楽しそうに笑い声をあげた。

「へぇ、よく見たらそっちの妖艶なお姉さんと、刀のお姉さんって、見たことがない種族だね。予定を変更して、二人も僕の物になってもらうね」

コレクタブルが指を鳴らすと、その後方から巨大な体躯《たいく》をした猛牛の姿をした魔獣が出現し、金髪勇者達に向かってまっすぐ突っ込んでいく。

「ぬぉ!?」

その突進を間一髪で交わす金髪勇者。

ヴァランタインとリリアンジュも左右に飛び退《の》き、突進を回避した。

その時、

「きゃあああああ!?　ちょ、ちょっと何するんですかぁ!?」

ツーヤの悲鳴が洞窟内に響き渡った。

「つ、ツーヤ!?」

慌てて振り向く金髪勇者。

その視線の先では、猛牛の姿をした魔獣の角の先に文字通り引っかかっているツーヤの姿があった。

角に引っかかっている服が伸び、あられもない姿になっているツーヤは、両手で胸と股間のあたりを必死になって隠そうとしていた。

そこに、触手魔人の触手が伸びてきて、ツーヤの体を触手の中に取り込んでいった。

「あ、あれ……な、なんだか痺れて……」

みるみるうちにツーヤの目の光が消え去っていき、そのまま意識を失っていく。

「き、貴様！　ツーヤに何をした」

「大丈夫、死んではいないよ。屋敷魔人さんと同じ痺れ毒でちょっと大人しくしてもらっただけだからさ」

コレクタブルは、金髪勇者へ視線を向けながらクスクスと笑い続けていた。

「貴様、ガッポリウーハーに続いて、ツーヤまで……！」

目の前で二人を連れ去られた格好になった金髪勇者は、怒りの形相を浮かべながら、今にもコレクタブルへ飛びかかろうとする。

その体を、ヴァランタインとリリアンジュが左右から抱き留める。

「金髪勇者様ぁ、二人を人質にとられていますから、無茶はいけませんわ」

「ぬ、ぬぅ……」

ヴァランタインの言葉に、歯ぎしりをする金髪勇者。

コレクタブルは、そんな金髪勇者の様子をクスクス笑いながら見つめていた。

「面白い男だね、君は。自分の部下が捕まったからって、そんなに激高するなんてさ。従者なんて、捨て駒にしちゃえばいいのにさ」

「捨て駒だと？　馬鹿なことを言うな！」

金髪勇者は右手の拳を握りしめ、コレクタブルを睨《にら》み付ける。

「……確かに、かつての私は自分の部下を盾替わりに使い、自らが生き延びるのに必死だったこともある……だが、今の私は違う！」

カッと目を見開いた。

「私の従者はすべてかけがえのない仲間達だ！　誰一人見捨てなどしない！」

金髪勇者は右手を振りかざし、コレクタブルを睨み付け続けている。

そんな金髪勇者に、クスクス笑いながらパチパチと拍手をしていくコレクタブル。

「いや、恐れいりましたよ。僕が君の立場だったら、魔法で従わせている稀少種族達を盾にしてとっとと逃げちゃいますけどね。あ、でも、それだと飽きた後に高値で売りさばくことが出来ないから、ちょっともったいないかなぁ。ま、その時は懇意にしている裏世界の商売人や、違法なヤツらを雇って新しい稀少種族を連れてこさせるだけだけどさ」

両手を広げ、左右に控えている触手族と猛牛の姿をした魔獣へ交互に視線をやる。

その後方には、洞窟に逃げ込んでいた馬の魔獣の姿もあった。

全員、コレクタブルの魔法で操られているのか、その瞳には光がなかった。

「飽きたら売り払うなぞ……とんでもない御仁でござるな……」

肘から先を刀身に変化させているリリアンジュが舌打ちをした。

その眼前に立っている金髪勇者は、無言のまま歯ぎしりをしていた。

「そんな君に提案させてもらうね。せっかくだからさ、僕とゲームをしない？」

コレクタブルは、一度両腕を広げると、その腕で自らの体を抱きしめていく。

「ルールは簡単、僕が収集した稀少種族達と勝負してよ。最初は一対一、次に勝ち残った面々で対戦していった先に全滅した方が負けってことでどうかな？　君たちが勝ったらこの屋敷魔人と人族の女を返してあげる。でも、君達が負けたら金髪の君以外の稀少種族の女性達は全員僕のコレクションになってもらう。ね？　ナイスアイデアだと思わない？」

コレクタブルは自分の体を抱きしめながら、恍惚《こうこつ》の表情を浮かべていた。

そんなコレクタブルを睨み付けている金髪勇者は、一度大きく深呼吸すると腕組みをした。

「……勝敗は、相手を戦闘不能にすればいいな？　貴様も大事な稀少種族達を失いたくはあるまい？」

「……驚いたね、君は僕のコレクション達に勝つ気でいるのかい？」

金髪勇者の言葉に、コレクタブルは心底びっくりした表情を浮かべる。

しかし、すぐにその顔に笑みを浮かべると、クスクスと笑いだす。

「そうだね、僕の大事なコレクション達が君たちの薄汚い血で汚れるのも嫌だし、それでいいよ」

「ならば……この契約書にサインしてもらおうか」

金髪勇者は、腰の魔法袋から取り出した羊皮紙を取り出し、そこに先ほどコレクタブルが口にした内容を書き記していった。

そこに、まず自らが署名し、親指の皮を歯で傷つけ、にじみ出た血で血判を押した。

「そんなことをしなくても、僕は約束を守る男だよ」

クスクスと笑い続けるコレクタブル。

そんなコレクタブルに、口元に笑みを浮かべながら羊皮紙を突きつける金髪勇者。

「そんなことを言って、私に負けるのが怖いのではないか？　ん？」

金髪勇者はその口元に不敵な笑みを浮かべ、金髪をかきあげる。

「へぇ……口だけは達者なんだね。ま、いっか。こっちの条件を呑《の》んでもらったんだし、署名くらい付き合ってあげるよ」

コレクタブルは、金髪勇者の手から羊皮紙を受け取り、内容を確認することもなく署名し、血判を押した。

「内容を確認しなくてもいいのか？　後で文句を言われても受け付けないぞ？」

「内容なんてどうでもいいよ。どうせ勝つのは僕なんだからさ」

金髪勇者の言葉などお構いなしとばかりに、クスクス笑い続けているコレクタブル。

そんなコレクタブルの様子を見つめながら、コレクタブルから受け取った羊皮紙を魔法袋に収納する金髪勇者。

「で、勝負はどこでするのだ？」

「会場は五つ。そこがそれぞれの会場への入り口さ」

コレクタブルが指さした洞窟の壁に、五つの穴が開いた。

すると、それぞれの穴にコレクタブルの周囲に集まっていた稀少種族達が飛び込んでいった。

それを見送ったコレクタブルは、クスクス笑いながら金髪勇者へ視線を戻した。

「さぁ、君達も好きな所に入っていきなよ……って、あれぇ？」

わざと大げさな仕草で、金髪勇者一行の数を数えるコレクタブル。

金髪勇者
ヴァランタイン
リリアンジュ
アルンキーツ（気絶中）

「あれぇ？　よく見たら君達って四人しかいないようだね……しょうがないなぁ、助《すけ》っ人《と》を連れてくることを認めてあげるよ。まぁ、来てくれる人がいればだけどね」

コレクタブルは大げさに驚いてみせながら、クスクス笑い続けている。

そんなコレクタブルに向かって不敵な笑みを向ける金髪勇者。

「心配などいらぬ。最近運動不足気味だったからな、一人が二人、相手をすればいいだろう？」

胸を張り、ドヤ顔で言い放ってはいるものの、その額には一筋の汗がつたっていた。

（……我々の中で一番戦闘力が高いのはヴァランタインだが……魔力量の消耗がただでさえ膨大なだけに無理をさせるわけにはいかぬ……リリアンジュも偵察任務を得意としていて攻撃力には不安があるし、アルンキーツに至っては、まだ目を覚ましてもいないわけだし……）

金髪勇者の後方では、気絶しているアルンキーツを必死になって起こそうとしているリリアンジュの姿があった。

その様子を横目で確認する金髪勇者。

（……やはりここは私がいくしかないか……）

魔法袋から取り出したドリルブルドーザースコップを握りしめる金髪勇者。

その時だった。

「そのクッソ五人目、このアタシに任せてもらおうじゃないか」

「うむ？」

後方から聞こえてきた女の声に振り向く金髪勇者。

その視線の先には、肩に大鎌を担いでいる女——ベリアンナの姿があった。

「お前……何故《なぜ》ここに？」

「は！　お前がアタシのことを尾行していたのにクッソ気がついていないとでも思ったのかい？　魔王軍四天王ってのもクッソ舐《な》められたもんだね」

ベリアンナは不敵な笑みを浮かべながら金髪勇者の隣へ並ぶ。

突如出現したベリアンナの姿を、コレクタブルは面白くなさそうな表情を浮かべながら見つめていた。

「ちぇ、せっかく五対四でいたぶることが出来ると思ったのに。ま、いっか、普通の悪魔族みたいだけど、魔王軍四天王っていう付加価値があれば高値で売れそうだしね」

そう言うと、コレクタブルは再びクスクスと笑いはじめた。

「その減らず口ぃ、いつまで叩《たた》けるかしらぁ？」

そんなコレクタブルを、クスクス笑いながら見つめているヴァランタイン。

「は？　何を言っているんだい？　僕は……」

そこまで言ったところで、コレクタブルは違和感を覚えた。

（……あれ？　あの金髪の男はどこに行ったんだ？）

目を丸くするコレクタブル。

その視線の先には、ヴァランタイン・ベリアンナ・リリアンジュ、そしてようやく目を覚ましたアルンキーツの四人の姿しかなかった。

ボコッ

次の瞬間、コレクタブルの足下にいきなり穴が出現し、その中から飛び出してきた金髪勇者が、コレクタブルの顎をアッパーカットの要領で殴りつけた。

超高速で穴を掘り進めることが出来る伝説級アイテム、ドリルブルドーザースコップがあって始めて可能な神業であった。

予想外の一撃を食らったコレクタブルは、後方へと倒れ込んでいく。

「……な、なんで？　気配感じなかったよ？」

地面に転がり、呆然《ぼうぜん》としているコレクタブル。

金髪勇者は、そんなコレクタブルを見下ろしていた。

「コレクタブルだかなんだか知らないが、ツーヤを救出した後に改めてぶん殴ってやるから覚悟しておくがいい」

そう言いながら、金髪勇者は自らが掘った穴を埋め戻す。

こんな時にも『自分が掘った穴はしっかり埋め戻す』というポリシーを崩さない金髪勇者だった。

穴を埋め戻し終えると、金髪勇者は穴の一つに飛び込んでいった。

その後に続いてヴァランタインが歩み出た。

「あなたの魔力を限界まで搾り取ってあげますからぁ、覚悟しなさいねぇ」

ヴァランタインは、床に倒れ込んだままのコレクタブルを見下ろしながら、金髪勇者が入った穴とは別の穴へ飛び込んでいく。

「……あとで切り刻みます……覚悟しておきなさい」

肘から先を刀身状態に変化させているリリアンジュもまた、二人とは別の穴へ飛び込んだ。

「えっと……状況がいまいち把握出来ていないでありますが、とりあえずこの穴に入ればいいのでありますな？」

頭を左右に振りながら、めくれ上がっているミニスカートのことを気にする風もなく、穴に飛び込んでいくアルンキーツ。

「ま、そういうことだから、クッソ首を洗って待ってな、クッソ野郎」

大鎌を一振りして、最後の穴に飛び込んでいくベリアンナ。

金髪勇者達が全員穴の中に飛び込んだのを、コレクタブルは呆然としながら見つめていた。

「……あ、あの金髪の男、僕のことを殴ったね……今まで一度も殴られたことがなかったのに」

震える声で呟《つぶや》きながらコレクタブルは、金髪勇者達が飛び込んだ穴の方を見つめ続けていた。

「……ま、まぁいいや……アイツらが僕の稀少種族達に勝てるわけがないし……監視ウインドウでアイツらが苦しむ姿を楽しませてもらおうかな……簡単に死なないといいなぁ、あの人達」

顎をさすりながら立ち上がったコレクタブルは、表情を歪《ゆが》めて言った。

その眼前に、五つのウインドウが表示されていく。

「……ただ待つのもつまんないし、人質の屋敷魔人と人族を弄びながら待つことにしようかな」

そう言いながら、コレクタブルは、後方へ視線を向ける。

「え？」

コレクタブルは、思わずその場で固まった。

その視線の先には、その場に残っていた触手族が、ガッポリウーハーとツーヤを捕縛している
……はずだった。

しかし、その視線の先には、触手を切り刻まれ壁に叩きつけられている触手族と、床に倒れ込み、数人の人達によって介抱されているガッポリウーハーとツーヤの姿があった。

そして、その前に一人の女が立ちはだかっていた。

「僕の大切なコレクションに何してくれているんだい？　いくら触手はまた再生するといっても、そんなに切り刻まれたら再生までに結構時間がかかっちゃうじゃないか……っていうか、そもそも君達、誰？」

やれやれといった様子でため息をつくコレクタブル。

「私の名前はデミ。魔王軍配下のウルゴファミリーの当主です」

新調したばかりらしい、真新しい槍《やり》を構えているその女――デミ。


――ウルゴファミリー。

かつて魔王軍を離反し、没落していた魔族の名門。

その後、金髪勇者とともに魔族魔獣事件を解決し、金髪勇者の取りなしもあって魔王軍に復帰することを許されていたのだった。

「魔王軍？　さっきも四天王が来てたけど、なんで魔王軍がここを嗅ぎつけているんだい？……諜《ちょう》報《ほう》部に潜り込ませている稀少種族達《僕のコレクション》がしっかり攪乱《かくらん》しているはずなのに、おかしいよ……」

　コレクタブルは、首をひねりながらデミへ視線を向けていた。

「それに、屋敷魔人をおびき寄せたあとは、結界を張ったし、魔物で入り口も守らせてたんだ……なんでここまで来れるんだよ？」

「報恩と報復……我がウルゴファミリーにおいて絶対とされる二箇条です。大恩ある金髪勇者様の窮地とあらば、何を差し置いても駆けつけるのは当然でしょう！」

　凛《りん》とした声を響かせるデミ。

　その後方に、豪腕族のゲンブーシン・ゴーレムのローゼンローレル・綿毛花族のロッセリナが立ち上がった。

「金髪勇者様の動向は私の綿毛が常に監視しているふわわ～♪」

　花が咲き誇っているロッセリナの頭の周囲には、無数の綿毛が浮遊していた。

　後方の三人を肩越しに確認したデミは、改めてコレクタブルへ視線を向けた。

「今、この場であなたを捕縛して、この馬鹿げた遊びを終わりにしてもらいます！」

「あはは、ばっかじゃない？」

　デミ達を呆《あき》れた表情で見つめているコレクタブル。

「僕を捕縛する？　そんなこと本当に出来ると思っているの？　何、わざわざやられにやって来てるのさ。ホントばかだよね……そう思わないかい、屋敷魔人？」

コレクタブルが右手を伸ばすと、デミ達の後方で横になっていたガッポリウーハーがむくりと起き上がった。

（……触手族が捕縛した時点で、屋敷魔人はすでに僕の隷属化魔法の支配下にあるんだ）

勝ち誇った表情を浮かべているコレクタブル。

その視線の先で、ガッポリウーハーは両手を伸ばすと、詠唱をはじめた。

【ＡＬＬ　ｔｈｅ　ＲＯＯＭ】

屋敷魔人であるガッポリウーハーの得意技である。

次の瞬間、洞窟の壁が黒く染まっていき、その黒壁が、コレクタブルとデミ達の間に壁を出現させ、両者の間を完全に遮断してしまった。

「あはは、残念だったねコレクタブルさん。私の体は、金髪勇者様とそのパーティーの皆様だけの物なんだよね。お前なんかの言うことなんか誰が聞くか、ば〜っか！」

立ち上がったガッポリウーハーは、お腹《なか》を抱えながら笑い転げていた。

「え？　え？　君は僕の隷属化魔法で、僕の支配下にあるはず……」

目を丸くし、唖然としているコレクタブル。

「残念でした。アタシはね、今まで何度も隷属化魔法のせいでひどい目に遭ってきてるんだよね。そのおかげで、隷属化魔法にすっかり耐性がついちゃってるんだよねぇ」

黒壁に向かってベロベロバァ、とガッポリウーハーが舌を出す。

黒壁が半透明のため、その様子を確認することが出来ているコレクタブルは、眉間にシワを寄せていた。

「……どいつもこいつもホントに聞き分けがないな……お前達はみんな僕の言うことを聞いていればいいのにさ」

「何を言っているのですか！　コレクタブル、稀少種族誘拐と人身売買の罪で大人しく魔王ドクソン様の裁きを受けなさい！」

「へぇ、そんなことを言ってもいいのかな？　確かに屋敷魔人には逃げられちゃったけど、こっちにはもう一人、人質が残ってるんだけど？」

クスクス笑うコレクタブル。

その隣には、ツーヤが立っていた。

隷属化魔法の支配下にあるらしく、その目には光がない。

「な、なんでツーヤ様がそこにいるんだよ!?」

困惑した表情を浮かべるガッポリウーハー。

「あはは、君は隷属化魔法に耐性があったみたいだけど、この女はそうはいかなかったみたいだね。僕がこっちに来いといったら素直に来てくれたよ」

コレクタブルの言葉に、うぬぬ、と、うなり声をあげるガッポリウーハー。

その横で、デミが身構える。

「私達が救出に向かいます！　黒壁を一時解除してください」

「う、うん、わかった」

デミの言葉を受けて、黒壁を解除しようとするガッポリウーハー。

「へぇ、その壁を解除してもいいの？」

コレクタブルが指を鳴らすと、その後方に多数の稀少種族達が出現した。

コレクタブルの隷属化魔法の支配下にある稀少種族達が黒壁の前に列を成し、コレクタブルを守る壁を形成していく。

「うわ!?　な、なんかいっぱい出て来た!?」

困惑しながらガッポリウーハーは黒壁を維持する。

黒壁を解除すると、コレクタブルの支配下にある稀少種族達が襲いかかってくるのは間違いない。

ウルゴファミリーの面々も、ガッポリウーハーの隣で困惑した表情を浮かべていた。

「お嬢、やばいですぜ。稀少種族は出来るだけ無傷で保護するようにって、魔王ドクソン様からの命令が出ているゾイ。さっきの触手族のように再生能力のあるヤツならともかく、そうじゃないヤツも結構いるゾイ……」

「う、うん……そ、そうだね……え、えっと……ど、どうしよう……」

ゲンブーシンの言葉通り、黒壁を解除してデミ達が特攻した場合、稀少種族達に甚大な被害が出るのは確実だった。

困惑した表情を浮かべるデミ。

ウルゴファミリーの面々はその場で動けなくなってしまった。


デミ達の足止めが成功したことを確認したコレクタブルは、穴の中の状況を映し出しているウインドウへ改めて視線を向けた。

「せっかく作った拠点だけど、ここは放棄して別の場所に行くことにする。でも、その前に金髪勇者達がくたばるところを見物させてもらおうかな」

クスクス笑いながら、ウインドウへ視線を向けていくコレクタブル。

◇◇◇

戦いは、五ヶ所で、ほぼ同時に始まった。

・リリアンジュ　VS　焙烙魔人《ほうらくまじん》シャクーダマ

穴の中を通過した先には、ドーム状の空間が広がっていた。

その空間に、激しい爆音が響き続けていた。

「あはははは！　ほらほらほら！　逃げてるだけじゃジリ貧やで！」

長い牙が伸びている口で、豪快な笑い声をあげながら、空中に出現させた焙烙魔法玉をリリアンジュに向かって投げつけていく。

その焙烙魔法玉の雨の中を、リリアンジュは高速で移動しながら避け続けていた。

「まったく、ちょこまか忙しいやっちゃな。ま、えっか、どうせ長うはもたんやろし、すぐに始末させてもろて、ご主人からご褒美がっぽがっぽもろて、うはうはせんとなぁ」

シャクーダマは、その顔に歪な笑みをうかべながら、先ほどまでの倍近い焙烙魔法玉を出現させて、リリアンジュに向かって投げつけていく。

必死に回避行動を取るリリアンジュ。

しかし、数が数だけに、ついにはその爆風の直撃を喰《く》らい、壁に叩きつけられてしまう。

「……くっ!?」

苦痛の声をもらしながらも、即座にその場を離れるリリアンジュ。

その直後、先ほどまでリリアンジュがいた場所に無数の焙烙魔法玉が降り注いでいく。

（……間一髪でござったが……このままではジリ貧なのは事実でござるな……）

リリアンジュの口の端に血の筋が伸びていた。

（……なんとかしなければ、ちと不味《まず》いでござるな……）

シャクーダマを横目で見つめながら疾走を続けるリリアンジュ。

ガッ

その時、リリアンジュが地面の岩に躓《つまず》いた。

「ふ、不覚……」

体勢を崩し、地面に倒れ込むリリアンジュ。

「あはは、頑張ったけどそこまでやな。ほな、バイならや」

体勢を立て直そうとしているリリアンジュに向かって、シャクーダマが焙烙魔法玉を大量に投げつけた。

「……ここまででござるか……」

どうにか立ち上がったリリアンジュだが、すでに焙烙魔法玉は目の前まで迫っていた。

ドドーン！　と空間内に激しい爆音が響き渡った。

先ほどまでリリアンジュがいた場所は、深くえぐれており、そこにリリアンジュの姿はなかった。

「あらら ぁ？　跡形ものうなってしもうたんかぁ。しもたぁ……邪の使い魔は珍しいさかい、ご主人様が欲しがっとったのになぁ……」

しまったといった表情を浮かべながら、シャクーダマはえぐれている場所へ移動していく。

その時だった。

シャクーダマの足元から、何かが飛び出してきた。

それは、リリアンジュその人であった。

「な、なんやてぇ!?」

慌てて、後方に飛び退こうとするシャクーダマ。

しかし、それより早く、リリアンジュの両腕の刀身がシャクーダマの頭をぶん殴る。

「へぶしぃ!?」

何が起こったのか正確に把握出来ないまま、シャクーダマは地面に倒れこんだ。

その光景を、リリアンジュは肩で息をしながら見つめていた。

「……か、間一髪でござったが……」

後方へ視線を向けるリリアンジュ。

そこには、地面に開いた穴があった。

(……焙烙魔法玉の餌食になると思った瞬間に、何者かが私をあの穴の中に引っ張り込んでくれたでござる……そのおかげで、勝てたでござるが……そもそもあの穴は一体……)

肩で息を繰り返しているリリアンジュの足元に、シャクーダマの焙烙魔法玉が転がっていた。

それを手に取ったリリアンジュ。

（……まったく、この焙烙魔法玉には本当に苦労させられたでござる）

内心いらつきながら、焙烙魔法玉を抱えたリリアンジュは、ピクピクしているシャクーダマの下へ歩み寄っていく。

「自分のものでござろう、自分で処分するでござるよ」

リリアンジュは、焙烙魔法玉をシャクーダマの口の中へ無造作に突っ込んだ。

一つ……二つ……

そして、無理矢理三つ目が突っ込まれた時、辛うじて体をびくつかせていたシャクーダマは完全にその動きを止めた。

○リリアンジュ（全部食え）焙烙魔人シャクーダマ●

◇◇◇

ウインドウに表示されている光景に、クスクス笑っているコレクタブル
「まさか、あの邪の使い魔が勝っちゃうなんてね……ちょっと予想外だけど、これだから勝負っておもしろいんだよね」

コレクタブルは、背後に控えている稀少種族が持ってきた椅子に座ると、足を組み、別のウインドウへ視線を向けていく。

「まぁ、焙烙魔人は、僕のコレクションの中でも結構弱い部類だったからね……ゲームを面白くするために投入してただけさ」

コレクタブルはクスクスと笑い続けている。


その光景を黒壁の向こうから見つめているデミ一行。

ゲンブーシンが、デミへ視線を向けた。

「……お嬢、あれってフラグってヤツじゃないゾイか?」

「え?　え?　な、なですか、そのフラグって?」

「あ、い、いや、別に何でもないゾイ。ただ、金髪勇者殿達が優勢になったということゾイな」

「うん!　そうだね!」

慌てて言い直したゲンブーシンの言葉に、嬉しそうに微笑むデミ。

「……なんか、ちょっとイライラするなぁ」

デミ達の様子を横目で見ていたコレクタブルは、忌々しそうに舌打ちをした。

◇◇◇

・ヴァランタイン　VS　猛牛魔族バッファローナ

リリアンジュが戦っていた空間とは違い、ヴァランタインの空間は木々が生い茂ったジャングルになっていた。

その木々の間をヴァランタインが飛翔《ひしょう》した。

「さぁ、くらいなさぁい！」

ヴァランタインは、その手に邪の糸を展開させ、空間内に張り巡らせる。

蜘蛛《くも》の巣よろしく、邪の糸が木々の隙間を覆い尽くしていく。

しかし、

「角ごたえがなさすぎますわねぇ」

頭部の角を前方に向けながら突進するバッファローナは、その糸をこともなげに引きちぎりながら突進する。

ヴァランタインは、自らに肉薄してくるバッファローナを寸前でかわすと、地面の上をバク転しながら後方へ飛び退いた。

その突進から停止し、後方を振り返るバッファローナ。

「あなた、邪界の猛者とお聞きしておりましたので、すご～く期待していたのですけどぉ……さっきから逃げてばっかりで少々退屈ですわぁ」

ヴァランタインに、見下すような視線を向けるバッファローナ。

その視線の先のヴァランタインは、そんなバッファローナを見つめながら余裕の笑みを浮かべていた。

「ふふふ、それはどうかしらねぇ？」

ヴァランタインの態度に、露骨に嫌悪の表情を浮かべるバッファローナ。

「何かしら？　逃げてばかりのくせに、ずいぶん態度がでかいですわね？」

「あらぁ、私がただ逃げてばかりだったとお思いですのぉ？」

ヴァランタインは、右手の人差し指で、バッファローナを指さした。

「その額の文字に気づかないようでは、たかだか知れてますわねぇ」

そう言って、再度笑い始めるヴァランタイン。

「額……ですってぇ？」

バッファローナは、腰の魔法袋から手鏡を取り出し、自らの顔を確認していく。

その額に、【駄牛】の文字が書かれていた。

「どうかしらぁ？　気に入ってもらえたかしらぁ？」

クスクス笑うヴァランタイン。

その視線の先で、バッファローナはワナワナと体を震わせていた。

「……私をぉ、コケにしましたわねぇ！」

全身を真っ赤にしたバッファローナは、両手を地に着け、４つ足状態になるとその口から白い煙を吐き出しながら、右足で地面を何度も蹴り上げる。

「もう容赦しませんわぁ！　私の角突進《ホーンバッシュ》で粉々にしてあげますわぁ！」

ヴァランタインは、その両手に邪の糸を展開させながらクスクス笑い続けていた。

「あなたの攻撃はもう見切っているのよぉ、さぁ、死ににいらっしゃあい！」

バッファローナへ右手で『かかってきなさい』とばかりに手招きするヴァランタイン。

「うもおおおおおおおおおおおおお！」

雄叫《おたけ》びとともに、ヴァランタインへ向かって突進していくバッファローナ。

ドゴォ！

バッファローナの角にはじき飛ばされたヴァランタインの体が、激しく壁に激突する。

「口ほどにもないわねぇ！　見切ったのではなかったのかしらぁ!?」

バッファローナは頭部の巨大な角を前面に押し立て、壁にめり込んでいるヴァランタインに向かって再度突進した。

ドゴォ！

再度の突進の直撃をくらったヴァランタインの体が、さらに壁へとめり込んでいく。

「まだまだいきますわよぉ！」

ドゴォ！

ドゴォ！

後方に駆け戻っては突進を繰り返すバッファローナ。

ヴァランタインの体は、完全に壁にめり込み、確認するのが困難な程だった。

「これでとどめよぉ！」

再び角突進を仕掛けんと、ヴァランタインへ向かって突進するバッファローナ。

その足が、いきなり地面の中にめり込んだ。

「え、えぇ!?」

突然の事態に、バッファローナが困惑した表情を浮かべる。

減速したバッファローナが振り返ると、そこに穴が出現していることに気がついた。

「な、なんなのよ、この穴……さっきまではなかったのにぃ……」

困惑した声をあげながらも、バッファローナは体勢を立て直そうと体をよじる。

「……あ、あら？」

その時、バッファローナは、自らの体に違和感を覚えて目を見張った。

突撃しようとしたバッファローナは、その場から一歩も動けなくなっていた。

よく見ると……バッファローナの体中にヴァランタインの邪の糸が幾重にも巻き付いていた。

「い、いつの間に!?」

バッファローナは、驚愕の表情を浮かべながら、その糸を力任せに引きちぎろうとした。

しかし、何重にもバッファローナの体に巻き付いている邪の糸は、先ほどまでとは比べものにならない程に丈夫で、びくともしなかった。

そんなバッファローナの眼前、壁の中にめり込んでいたヴァランタインが、ゆっくりと前進してきた。

「まったく、手間をかけさせてくれるわねぇ。私の邪の糸を引きちぎる馬力には恐れいったけどねぇ。でもぉ、それだけ分厚く巻けばぁ、さすがのあなたでもぉ引きちぎれないでしょう？　結構苦労したのよぉ、あなたに気付かれないように、あなたの体に邪の糸を巻き付けていくのもねぇ」

バッファローナに向かってゆっくり歩み寄っていくヴァランタイン。

そんなヴァランタインの前で、バッファローナは驚愕の表情を浮かべていた。

「あ、あなた……まさか、私の体に糸を何重にも巻き付けるために、私の角突進をわざとくらって……」

「やっと気がついたのねぇ……でも」

ヴァランタインは、その手の糸を力任せに引っ張った。

角ごとひっぱられ、バッファローナは、その場で力なくよろめく。

「ちょおっと遅かったわねぇ」

舌舐《したな》めずりしながらバッファローナの角を両手で押さえつけるヴァランタイン。

「あ、あなた……い、一体何を……」

愕然《がくぜん》としているバッファローナ。

その眼前で、ヴァランタインはバッファローナの角を力任せにへし折った。

「あ、あいたたたぁ!?」

悲鳴をあげるバッファローナ。

「な、なるほどね……私の角をへし折って攻撃出来ないようにするつもりなわけね。でも、残念ですわね」

ヴァランタインの眼前で、バッファローナのへし折られたばかりの角がみるみるうちに再生していく。

「私の角は、蘇生《そせい》可能なのよ。残念ね、あなたの思惑通りにならなくて」

「あらぁ？　何を勘違いしているのかしらな？」

バッファローナの眼前で、舌舐めずりしていたヴァランタインは、手に持っていたバッファローナの角を一舐めすると、

「いただきまぁす」

それを口の中に放り込んでいった。

ヴァランタインはボリボリと音を立てながら、バッファローナの角をかみ砕いていく。

「ちょ、ちょっとあなた……い、一体何をしているのかしら……」

真っ青になりながらヴァランタインを見つめているバッファローナ。

その眼前で、ヴァランタインは恍惚の表情を浮かべていた。

ゴクンと飲み干すと、新たに生えてきたばかりのバッファローナの角を掴んでいく。

「あなたの角、魔力が満載で美味《おい》しそうだと思っていたのですけどぉ、想像以上の美味しさでしたわぁ。ふふふ、もっともっと私のお腹を満たしてくださいねぇ」

ヴァランタインは舌舐めずりすると、再びバッファローナの角をへし折っていく。

「うふふ、さっきまでは体内魔力の残存量がちょおっと心許《こころもと》なかったので、肉を斬らせて骨を断たせてもらいましたけどぉ……うふふ、痛い思いをした甲斐《かい》がありましたわぁ」

再び角を口の中に放り込んでいくヴァランタイン。

「い、いや、ちょ、ちょっともう勘弁して、こ、降参するから、降参するからぁ」

必死に声をあげるバッファローナ。

その意思とは裏腹に、へし折られた角は自動で再生していく。

その度に、バッファローナの体内魔力が大量に消費されていく。

その魔力によって生成された角を、次々にへし折っては口に放り込んでいくヴァランタイン。

しばらく後。体内魔力が枯渇し、角を再生することが出来なくなったバッファローナが、力なく地面に倒れ込んでいた。

そんなバッファローナの眼前に立っているヴァランタインは、その頬を紅潮させながら熱い吐息を漏らしていた。

「うふふ、とっても美味しかったですわぁ」

恍惚とした表情を浮かべるヴァランタインの眼前で、バッファローナはピクリともしなかった。

○ヴァランタイン（ごちそうさま）バッファローナ●

（……それにしてもぉ……）

口元をハンカチで拭いながらバッファローナの後方へ視線を向けるヴァランタイン。

その視線の先には、地面にぽっかり開いた穴があった。

（……あの穴はいつからあそこにあったのかしらぁ……あの穴に足がはまったせいでバッファローナの最後の攻撃が失敗したんだけどぉ、あのまま突進されていたらぁ、邪の糸を幾重にも巻きつけたとはいえ、ひょっとしたら引きちぎられていたかもしれなかったのよねぇ……）

結果的に、自分を救う形になった穴を見つめながら、ヴァランタインは首をひねっていた。

◇◇◇

ウインドウを見つめながら、コレクタブルはポカンと口を開けたまま、その場に立ちつくしていた。

（……嘘《うそ》でしょ……バッファローナは、僕のコレクションの中でも五本の指に入る猛者だったのに……）

「デミ様、コレクタブルってば、ショックを受けてるふわわ～！　あの牛さんが負けたのがショックみたいふわわ～！」

「えぇ、そうみたいですね！　コレクタブルさん！　降参するなら今のうちですよ！」

黒壁の手前で、ロッセリナの言葉に頷いたデミが、コレクタブルに向かって声をあげる。

その言葉で我に返ったコレクタブルは、その顔に笑みを浮かべながらデミ達の方へ視線を向けた。

「な、何を言っているんだい。僕がショックを受けた？　あはは、面白い冗談だね」

クスクス笑っているコレクタブル。

しかし、その笑みは若干引きつっていた。

そんな表情のまま、新たなウインドウへ視線を向けていくコレクタブル。

◇◇◇

・ベリアンナ　VS　？？？

無数の柱が存在している空間の中、

「このクソがぁ！」

魔王軍四天王のベリアンナはその大鎌を振り回し、眼前の敵影を切り刻んだ。

……しかし、
確かにその敵影を捕らえた大鎌には何の手応えもなく、斬られたはずの敵影は霧散し、どこからともなくクスクス笑う声が一帯に響き続けていた。

「ふっふっふ、いつになったら本物の私を切り刻めるのでしょうねぇ？」

ベリアンナの周囲に、新たな敵影が出現した。

「クッソうっせ！　いますぐに決まってるだろ！　このクソがぁ！」

再度手の大鎌を振り回し、敵影を切り刻んでいくベリアンナ。

しかし、やはり大鎌に感触はなく、敵影は霧散し消えていった。

次の瞬間、

「くっ!?」

体に激痛を感じたベリアンナが悲鳴をあげた。

（……クッソ野郎め……一撃一撃はクッソたいしたことねぇんだけど……このまま喰らい続けていたらクッソやばいじゃねえかぁ……しかも、体がだんだんクッソ痺れてきてるし……クッソ何が起きてやがんだ……）

必死に目を凝らしながら周囲を見回すベリアンナ。

しかし、その周囲に敵の姿はなかった。

（……えぇい、このクッソ野郎がぁ）

忌々しそうに舌打ちしながら、大鎌を闇雲に振り回していく。

しかし、振り回される大鎌が、何かを捕らえることはなく、ベリアンナの体力をいたずらに消耗させるばかりだった。

大鎌を肩に担ぎ、体勢を整えるベリアンナ。

ゼェゼェと荒い息を繰り返しながらも、どうにか呼吸を整えていく。

その顔には焦りの色が濃く浮き出ていた。

「ふふふ、そろそろ立っているのも辛《つら》くなっていませんか？　私の攻撃には猛毒作用も付与されていますからね」

再び姿を現した敵影は、そう言いながらクスクスと笑っていた。

「このクッソ野郎が！　てめぇは一体何者なんだ、あ？」

苛立《いらだ》った声をあげながら、再び大鎌を構え直すベリアンナ。

「ふふふ、さぁ、私は誰でしょうね？　あなたは、私の正体が誰なのかも知らないまま、敗北していくのです」

そう言うと、ベリアンナの眼前で敵影がかき消えていった。

同時に、再びベリアンナの体中に攻撃が繰り返されていく。

「こ、このクソビッチがぁ！」

ベリアンナは、怒りに回せて再度その大鎌を振るいまくる。

しかし、すでにかなり体力を消耗している上に、猛毒に侵されているベリアンナの体は相当消耗しており、程なくして大鎌を手にしたままその場に片膝をついていった。

「ふふふ、どうやらそこまでのようですねぇ」

再度出現した敵影がクスクス笑い声をあげた。

「では、そろそろ楽にして差し上げましょうか」

そう言うと、敵影は再び霧散し消え去った。

その姿を見つめながら、

「……えぇい、クッソ忌々しぃ」

忌々しそうに舌打ちするベリアンナ。

……こんな姿……ウルフジャスティス様になんか、ぜってぇクッソ見せられねぇな……

荒い息を繰り返しながら、力を振り絞って大鎌を振るうベリアンナ。

しかし、謎の敵は大鎌の攻撃の合間を縫うようにして、ベリアンナへ的確に攻撃をしかけていく。

ベリアンナの大鎌は空《むな》しく空を切り続け、その体は謎の敵の攻撃によって傷だらけになっていった。

ベリアンナの意識が薄れていく。

（……クッソここまでなのかよ……ちっくしょうめが……）

朦朧《もうろう》としたベリアンナの意識の中に、ウルフジャスティスの姿が浮かび上がった。


魔王軍の攻撃を幾度となく跳ね返していったウルフジャスティス。

そんな彼は、力を尊ぶ魔族達の中で絶大な人気を誇っていた。

ベリアンナもまた、ウルフジャスティスの熱狂的なファンの一人であった。

このウルフジャスティス、正体はフリオなのだが、そのことを知っているのはクライロード魔法国と魔王軍のごく一部の人間だけであり、その正体が妹の同級生の父、フリオであることをベリアンナは知らなかった。


ベリアンナの意識の中に浮かび上がったウルフジャスティスは、

――『目で見るな、肌で感じろ　それがジャスティス』

そう語りかけた。

フリース雑貨店が発売している『日めくりジャスティス！～ウルフジャスティスの今日の一言』の一文である。

（……ウルフジャスティス様……）

その言葉を受けたベリアンナは、大鎌を大上段に構え直すと、大きく息を吐き出し、その場で目を閉じ、神経を研ぎ澄ませていった。

（……そうだ、あいつの影ばっか追ってもクッソしょうがねぇんだ……クッソあいつの気配を感じるんだ……）

意識を集中し、神経を研ぎ澄ませるベリアンナ。

……すると、それまで感じることが出来なかった、微細な気配を自分の周囲に感じたベリアンナ。

よほど神経を集中しても気がつけないのではないか、と思えるほど小さなその気配は、ベリアンナの周囲を舞でも舞うかのようにひらひらと舞い続けており、時折ベリアンナに接近しては攻撃をしかけていた。

その気配に意識を集中するベリアンナ。

（……肌で感じるんだ……）

ベリアンナは、一度大きく息を吐き出すと、

「クッソそこだ！」

大鎌を小さく、かつ鋭く一閃《いっせん》した。

その大鎌に、確かな感触が伝わった。

「ぎゃあああああ」

悲鳴とともに、何かが地面に落下した。

そこには、全長一ミリにも満たない、蜂の姿があった。

その蜂は、体をベリアンナの大鎌で両断されており、上半身部分が苦しそうにうごめいていた。

「……貴様、ここまでよくもクッソ好き勝手してくれたな」

「よ、よく私の正体を見破ったわね……褒めてあげますわ……でもね、それもここまでですよ、私は今からこの体を細分化して……」

その蜂がそこまで言葉を発した時だった。

蜂の体にすさまじい雷撃が降り注いだ。

その、あまりの衝撃の前に、その蜂は真っ黒焦げになったままぴくりともしなくなっていた。

「敵の前で、クッソちんたらしゃべってんじゃねぇよ。話し終わるのをクッソ大人しく待ってやるほど、アタシはクッソ優しくねぇんだ」

雷撃を放った右手を伸ばしたまま、舌打ちするベリアンナ。

「で？　まだクッソやんのかい？」

その言葉に、蜂の残骸からの返事はなかった。

○ベリアンナ（肌で感じろからの地獄雷撃波）猛毒蜂族ステルス●

ベリアンナは、大鎌を肩に担ぐと大きく息を吐き出した。

（……ウルフジャスティス様……アタシのようなクッソ未熟者を助けてくださるなんて）

カッと目を見開くベリアンナ。

（……もう、クッソ嫁にもらってもらうしかない！……あぁ、でもあんだけクッソ強くてクッソ素敵でクッソ最高なお方なんだし、既婚かもしれねぇけどそんときゃクッソ愛人枠でもかまわねぇ！）

ベリアンナは天を見上げながら、恍惚の表情を浮かべていた。

◇同時刻・カルゴーシ海岸◇

「ど、どうかしたのかいリース？」

いきなり立ち上がったリースに、フリオは首をひねりながら声をかける。

そんなフリオの前で、リースが周囲をきょろきょろと見回していた。

「いえ……気のせいか、旦那様に仇《あだ》をなそうとする不届き者の波動を感じたものですから……」

鼻をひくひくさせながら、周囲を見回し続けているリース。

「えっと……そ、そうなのかい？」

そんなリースに、苦笑することしか出来ないフリオだった。

◇洞窟内◇

コレクタブルとウルゴファミリーが対峙《たいじ》している洞窟内に、戦いを終えた面々が戻ってきていた。

「クッソ勝ってきたぜ」

大鎌を担ぎ、口笛を吹きながらデミ達の下へ戻ってきたベリアンナ。

そんなベリアンナに、ゴーレムのローゼンローレルが満面の笑みで抱きついていく。

「ほんとよくやったわね！……って、あ、ごめんなさいね、四天王の方に馴《な》れ馴《な》れしくしちゃって……」

慌ててベリアンナから離れたローゼンローレル。

そんなローゼンローレルに、ベリアンナはニカッと笑みを浮かべた。

「……いいさ、アタシは別にクッソ気にしないからさ」

そういうと、近くの岩場にどかっと腰をおろし、大きく息を吐いた。

その隣には、先に戻ってきていたリリアンジュとヴァランタインの姿があった。

「残すところ、あと二人ねぇ」

半透明の黒壁の向こう、コレクタブルの眼前に浮かび上がっているウインドウを見つめながら腕組みをしているヴァランタイン。

コレクタブルは、そんなヴァランタインを忌々しそうに見つめていた。

（……まぁいいさ……いざとなれば、この女を人質にしたまま逃げればいいんだしね。今のうちにせいぜいぬか喜びしておきなよ）

コレクタブルは、クスクス笑い声をあげながらヴァランタインを見つめ続けていた。

「あらぁ？　どうしたのかしらぁ？　私の顔に何かついているのかしらぁ？」

コレクタブルの視線に気がついたヴァランタインは、右手で自らの顔をさすりながら尋ねた。

その仕草に、コレクタブルは小さく舌打ちをすると、

「随分余裕だね。まぁ、確かにここまでは君たちが優勢だね。それは認めるよ。

でもね、残っている二人は、僕のコレクションの中でも双璧をなす強者達《つわもの》さ。あの二人が、もうすぐそっちの代表の二人を倒して、その後で君たちも倒してくれるからさ。まぁ、楽しみに待っておきなよ」

コレクタブルはそう言うと、改めてウインドウへ視線を向けた。

◇◇◇

・アルンキーツ　VS　巨像族エレファンティーノ
「むぅ!?」

タイトな黒い上着に、ミニスカート姿のアルンキーツは、両手をクロスして防御の構えをとった。

その腕が装甲荷馬車の外壁に変化している。

荷馬車魔人であるアルンキーツは、一度触れた乗り物に自分の姿を変化させることが出来るスキ

ルを持っている稀少な魔人であり、体の一部だけを乗り物の一部に変化させることも可能なのであった。


そこに、エレファンティーノの巨大な鼻が鞭《むち》のようにしなり、叩きつけられる。

完璧にガードしたにも関わらず、アルンキーツの体は後方にはね飛ばされ、そのまま壁に叩きつけられた。

このドーム内は、自然の岩石に覆われているため、岩石がアルンキーツの背中に食い込んでいく。

「おやおや、今のでもまだ砕けちりませんか～、なかなか硬いお方ですねぇ～」

エレファンティーノは、アルンキーツの倍近くある巨大な体を駆使し、アルンキーツを見下ろしていた。

すでに二十発以上の鼻鞭攻撃《ノーズウィップアタック》をたたき込み続けているエレファンティーノは、感心した声をあげながらアルンキーツを見下ろしている。

「こうして敵として出会っていなければ～、お茶のお誘いくらいはさせていただきましたのに～」

その女たらしな容姿よろしく、軽い口調でアルンキーツへ語りかけるエレファンティーノ。

「でも、今、降参してくだされば、特別に～、熱々の紅茶をサービスさせて頂きますよ～」

エレファンティーノは、そう言いながらその身を低くし、岩肌にめりこんだままのアルンキーツに向かって駆けだした。

「もっとも、縛り上げて身動き出来なくした、あなたの口に直接ってことですけどね〜」

エレファンティーノはその巨体をアルンキーツにぶち当てていく。

大音響とともに、エレファンティーノの巨体がアルンキーツごと岩肌にめりこんだ。

その感触に、エレファンティーノは、満足そうな笑みを浮かべる。

「どうやらぁ、荷馬車魔人様は、私の体に押しつぶされて砕け散ったみたいですね〜」

「ほう、貴殿の体の向こうで、どこの荷馬車魔人が砕け散っているのでありますか？」

後方から聞こえてきた声を前にして、エレファンティーノは、目を丸くした。

慌てて振り向いたエレファンティーノ。

その視線の先にはアルンキーツが立っていた。

……ただし、何故かアルンキーツの上半身の服がなくなっており、露《あら》わになっている胸を両腕で腕組みするようにして隠している。

エレファンティーノの体の前には、岩肌に叩きつけられてボロボロになった、アルンキーツの上着があった。

「ちょっと熱くなったから、上着をぬいだでありますが？……感謝するであります、わざわざプレスまでしてくださって」

そう言うと、エレファンティーノに向かって疾走するアルンキーツ。

その体が、装甲荷馬車に変化していく。

「プレス代金は、これでいいでありますか？」

「ひぃ!?」

突如出現した厳《いか》つい装甲荷馬車を前に、エレファンティーノは後方へ退こうとする。

しかし、長い牙が岩肌にめり込んだままのためその場から逃げることが出来ずにいた。

次の瞬間、エレファンティーノの体に装甲荷馬車に変化したアルンキーツがめり込み、エレファンティーノの首を岩肌に押し込んでいく。

「さぁ調子が出てきたであります！　どんどん行くでありますよ！」

人型に変化したアルンキーツは、右腕で胸を隠しながら気合いの入った声をあげていく。

その眼前では、エレファンティーノが岩肌にめり込んだままの姿勢で静止していた。

そんなエレファンティーノの姿を見つめながら、アルンキーツは警戒を緩めずにいた。

「ほほう、やられたフリで自分の油断を誘おうという作戦でありますな。ふふふ、そうは行きませんぞ。このアルンキーツには死角も油断もありませんぞ！」

その言葉通り、アルンキーツは油断なくエレファンティーノの姿を見つめている。

しかし、その視線の先のエレファンティーノはピクリともしない。

「……いくらなんでも演技のし過ぎであろう。ほら、とっととコッチを向くであります」

エレファンティーノのお尻を右手ではたくアルンキーツ。

すると、

ズズ～ン……とエレファンティーノの巨体が、力なく地面に倒れこんでいく。

その首はありえない方へ折れ曲がっており、その顔は生気を失っていた。

アルンキーツはそんなエレファンティーノの顔をのぞきこみながら、その頬をツンツンとつついた。

しかし、その後もエレファンティーノが反応することはなかった。

○アルンキーツ（装甲荷馬車によるぶちかまし）エレファンティーノ●

「ち、ちょっと待つであります！　自分の見せ場はまだこれからでありますよ！　こんな終わり方なっとくいかないであります！　とっとと目を覚まして戦いの続きをするであります！」

必死になってエレファンティーノの体を揺さぶるアルンキーツ。

しかし、エレファンティーノは……

◇◇◇

ウインドウに映し出されている光景を見つめながら、コレクタブルはぽかーんと口を開けたまま固まっていた。

（……エレファンティーノは、国潰しっていう二つ名を持っていて、国一つを一人で蹂躙《じゅうりん》出来ると言われている猛者なのに……）

ウインドウの向こうで、アルンキーツは未《いま》だにエレファンティーノの体を揺さぶり続けている。

コレクタブルはその様子を見つめながら、啞然とし続けている。

そんなコレクタブルと、黒壁を隔てた場所に陣取っているウルゴファミリーと金髪勇者一行の面々は、黒壁にへばりつくようにして、残り一つのウインドウを見つめていた。

「……金髪勇者様ってば、何をしているのかしらぁ？」

ウインドウを見つめながら、ヴァランタインは思わず首をひねっていた。

そのウインドウの中には、無数の穴が開きまくった地面だけが映し出され続けていた。

・金髪勇者　ＶＳ　土竜《もぐら》魔人モリモリモグラン

「え～い！　ちょこまかと逃げまくりおって！」

金髪勇者は、ドリルブルドーザースコップを振り回しながら地中を進み続けていた。

「それはこっちの台詞《せりふ》だモグ！」

赤と白の球状ボディをしているモリモリモグランもまた、その頭部の振動で土中を掘り進みながら、金髪勇者を攻撃しようと動き回っていた。

互いに地中を掘り進み、互いに地中でとどめをささんとしている両者。

土中の二人は、地上からはうかがい知れない攻防を繰り広げていた。

……しかし、

ウインドウで会場内の様子を見守っている一同には、穴が開きまくった地面と、金髪勇者と、モリモリモグランの声が時折聞こえてくるだけだった。

「えぇい！　貴様のせいで、ベリアンナとアルンキーツの手助けにいけなかったではないか！」

「モグ！　真面目に戦うモグ！　時々気配が消えていたモグけど、まさかどこかに行っていたモグか!?」

「仲間を助けに行って何が悪い！　悔しかったら私を捕縛してみろ！」

「モグ！　もう怒ったモグ！」

金髪勇者の言葉に、怒りを爆発させたモリモリモグランは、土中を無茶苦茶に掘り進めはじめた。

それに合わせて、地面が次々に陥没していく。

金髪勇者が地上に立っていれば、そのうち穴の中に引きずりこまれていたはずである。

土中での戦闘を得意としているモリモリモグラン。

しかし、金髪勇者もまたドリルブルドーザースコップを駆使した土中での戦いを得意にしている。

お互い、得意な攻撃が被《かぶ》っている上に、土中のため互いに居場所を摑めない状態のまま、土中を掘りまくっている両者。

（……このままでは、らちがあかぬ……何か良い手はないか……何か……）

穴を掘りながら考えを巡らせる金髪勇者。

（……まてよ……アイツも私も、左右に穴を掘り進めているわけだ……横と横なら、なかなかぶち当たらないのも当然だ……ならば！）

「よし、頼むぞドリルブルドーザースコップよ！」

そう言うと、金髪勇者は縦方向に穴を掘り始めた。

一つ、二つと縦穴を掘り進めていく。

そして、五つ目の縦穴を掘り進めている最中だった。

「モ、モグ!?　なんでこんなところに……なんで縦穴があるモグ!?　あ、あ～れ～落下するモグ～！」

悲鳴に次いで、穴の底に叩きつけられる音が響いた。

「ふはははは！　やっと捕らえたぞ、この土竜野郎め！」

音のした方角へ駆け戻っていく金髪勇者。

そして、穴の底で倒れ込んでいるモリモリモグランを発見すると、ドリルブルドーザースコップを振り上げた。

ゲシ！

ドス！

バシ！

ドームの中に、殴打の音だけが響く。

「き、金髪勇者様……容赦ないねぇ」

ウインドウ内を見つめていたガッポリウーハーは、その顔に苦笑を浮かべていた。

その言葉に、他の面々も苦笑しながら頷いていた。


その後……

殴打音が止まり、しばらくすると地面の上に新しい穴が出現した。

その穴の中から。金髪勇者が姿を現す。

金髪勇者は右手でモリモリモグランを引っ張りあげると、地面の上に放り投げる。

「まったく……でかいし重いし……本当に面倒くさいヤツだな」

悪態をつきながらも、モリモリモグランを地面の上に横にすると、胸に手を当てて命に別状がないかどうか確認していた。

○金髪勇者（ドリルブルドーザースコップによる殴打）モリモリモグラン●

◇◇◇

金髪勇者の姿に、ウインドウを見ていた金髪勇者一行とウルゴファミリーの面々が歓声をあげた。

「さすが金髪勇者様でござる！」

「金髪勇者様ぁ！　お疲れ様でしたぁ」

「うぬぅ……自分もあんな風に活躍したかったであります……」

ウインドウの中の金髪勇者に歓声をあげ続けている金髪勇者一行の面々。

その後方で、ベリアンナが複雑な表情を浮かべていた。

「……あ、あれでクッソ勝ったのかよ……」

自分の激闘を思い返しながら、その胸に複雑な感情がわき上がっているベリアンナだった。

そのウインドウの中、

「さぁ、コレクタブルよ、約束どおりツーヤを解放しろ！　わかったな？」

金髪勇者は、その視線をコレクタブルへと向けた。

すると、それを受けたコレクタブルは、楽しそうに笑い声をあげはじめた。

「約束？　何それ？　美味しいの？」

コレクタブルがパチンと指を鳴らすと、
再生し、息を吹き返した触手魔人が、その触手をガッポリウーハーへと伸ばしていく。

金髪勇者の勝利に歓喜し、油断していたガッポリウーハーは再びその触手に捕らえられてしまい、そのままコレクタブルの下へ連れ去られていく。

「ちぃ！　このクッソ卑怯《ひきょう》者がぁ！」

すかさず大斧《おおおの》を構えたベリアンナが駆け出した。

「おっと、そこまでだよ」

コレクタブルは、涼しい顔をしながら、神経毒のせいで意識が混濁しているガッポリウーハーと、ツーヤの首筋に短剣を突きつける。

その光景を前にして、ベリアンナは慌てて停止する。

ベリアンナ同様、駆け出そうとしたヴァランタイン達も、その足を止めていた。

そんな一同の様子を見回したコレクタブルは、満足そうにうなずき、その視線をウインドウの向こうの金髪勇者へ向けていく。

「悪いね金髪勇者。僕さ、すっごく長生きしているもんだから物覚えが悪くてさ。君達とどんな約束したのか忘れちゃったんだ」

クスクス笑うコレクタブル。

「馬鹿を言うな、そんな時のために、事前に契約書を交わし、互いに血判も押したであろう？」

「あぁ、ひょっとしてこれのことかい？」

コレクタブルの手には、金髪勇者が魔法袋に入れていたはずの契約書があった。

コレクタブルは、クスクス笑いながら、その契約書に魔法で火をつけていく。

「あはは、契約書なんて、そんなものどこにあるのさ？　ほら？」

そう言いながら、クスクス笑い続けているコレクタブル。

「なんて卑怯なのでありますか！」

アルンキーツが舌打ちしながら身を乗り出す。

「あ、アルンキーツ殿……と、とりあえず何か着てほしいでござる……」

リリアンジュの言葉通り、上半身裸のままのアルンキーツだった。

そんな金髪勇者一同が睨み付けている前で、羊皮紙は焼け落ちていった。

「……と、言うわけで、僕が君達と何か約束をしていた証拠はどこにもなくなったし、僕は、この稀少種族達と一緒に、また闇の世界に潜るとするよ。皆さん、僕の退屈凌《しの》ぎに付き合ってくれてありがとう。あ、この人族の人間には正直興味がないんだけど、僕が無事に逃げきるまでの人質ってことで、このまま連れて行かせてもらうね」

クスクス笑いながら詠唱するコレクタブル。

すると、その足元に巨大な魔法陣が展開しはじめた。

その魔法陣は、コレクタブルを中心に、黒壁のこちら側に集まっている稀少種族達の足元をも覆い尽くしている。

コレクタブルの体は、次第にその魔法陣の中へ沈みはじめた。

「それじゃあ皆さん、ごきげんよう。ま、もう二度と会うことはないと思うけどね」

コレクタブルは大げさに一礼しながら、魔法陣の中に消えていく。

ヴァランタイン達が駆け寄ろうとするも、ガッポリウーハーが展開している黒壁が消えないため、そこから先に進むことが出来ずにいた。

その光景を、楽しそうに見つめているコレクタブル。

ガシッ

その髪の毛が何者かに鷲《わし》づかみにされた。

「え？」

いきなりの出来事に困惑し、コレクタブルが慌てて頭上を見る。

その頭上には、半身が幼女、半身が骸骨の姿をした歪な姿の者が宙に浮かんでいた。

その者は、裸身をボロボロのマントで覆い、柄の長い半円状の鎌を持っており、もう片方の手でコレクタブルの頭を摑んでいた。

「貴様だな……血の盟約を破りし者は？」

コレクタブルの髪の毛を摑んでいるその者は、コレクタブルの体を無理矢理引きずりだしていく。

「ちょ、ちょっと痛いよ、痛いってば！」

必死にもがくコレクタブル。

しかし、その異形の者はそんなことなどおかまいなしとばかりにコレクタブルを魔法陣の中から無理矢理引っ張り出すと、その髪の毛を掴んだまま、空中に持ち上げた。

「お前誰だよ？　いきなり現れて僕の集団転移魔法を無効化するなんてふざけてるとしか思えないんだけど」

異形の者から逃れるべく、コレクタブルは必死になって手足をばたつかせている。

「我は血の盟約の執行管理人……神界からの使者」

そう言うと、手の鎌をコレクタブルの首にあてがった。

「血の盟約の契約不履行を確認、任務を遂行する」

氷のように冷たい言葉で、そう言い放つ、異形の者——血の盟約の執行管理人。

「ちょ、ちょ、ちょょっとまってよ!?　なんなんだよ、その血の盟約って!?　そんなの僕知らな……」

「血の盟約にサインし、血判まで押しておきながら何を言っておる。血の盟約は神界の神の御名《みな》においての、お互いに絶対に破ることのない約束を交わす際に取り行う契約のことではないか。それを破った者は、この私、血の盟約の執行管理人が処罰をくだすのだ」

「ば、馬鹿なことを言うなよ、僕がそんなリスクの高い契約をするはずが……」

「おいおい、困るなコレクタブル。私が作成した血の盟約にサインして血判まで押したではないか。もっとも、その盟約を破り、契約書を燃やしてしまったのもお前なわけだが……」

洞窟内に戻ってきた金髪勇者が、コレクタブルに声をかける。

「き、金髪勇者……お前は……」

その時、コレクタブルは、ようやくすべてを理解した。

（……そうか……僕が約束を守らないと判断した金髪勇者は……だから……僕との間に、血の盟約を結ばせることを考えた……その血の盟約こそ、最初に書かされた羊皮紙の……そうすれば、万が一僕が約束を守らなかったとしても、血の盟約の執行管理人が処罰にくるから……）

「ちなみに付け加えておくが、血の盟約を破る行為を行った者は、即座にその魂を抜き取られ、地獄界の最下層に送り込まれ、未来永劫《みらいえいごう》そこに幽閉されることとなり二度と生き返ることが出来なくなるらしいぞ」

「ま、ま、待ってよ金髪勇者、いえ、金髪勇者様！　ごめんなさい！　僕が悪かったです！　ごめんなさい！　素直に僕の負けを認めますから、お願いですから助けてください！　もちろんタダでとは言いません！　僕が集めた稀少種族を全部あげますし、その売買で得た金銭も全部差し上げます！　どうですか？　いい条件だと思いませんか？」

金髪勇者に向かって必死になって命乞いを続けるコレクタブル。

「……ごちゃごちゃうるさいのよ」

血の盟約の執行管理人は、右手を一気に引き上げ、コレクタブルの口の中に手を突っ込んだ。

手足をばたつかせながら抵抗していたコレクタブル。

しかし、血の盟約の執行管理人が口の中から黒い塊を引っ張り出すと同時に、その体はぴくりともしなくなった。

しばらくすると、コレクタブルの体そのものも、黒い塊の中に吸い込まれていった。

「血の盟約を破り、それを焼き捨てた血の盟約の契約不履行者の魂を捕縛した。これより帰還する……」

そう言うと、血の盟約の執行管理人の姿は瞬時に消え去った。

◇◇◇

空を見上げていたデミが、金髪勇者の下へ歩み寄った。

「それにしても金髪勇者様……よく血の盟約なんて知っていましたね」

「何……昔、兄弟から、この盟約のせいでひどい目にあったことがあると聞いたことがあってな。その時に色々教えてもらっていたんだ」

ドリルブルドーザースコップを魔法袋に戻すと、金髪勇者はツーヤへと歩み寄っていく。

そんな金髪勇者の視線の先で、ツーヤは、

「あれぇ？　皆さんおそろいでどうしたんですかぁ？」

まるで今起きたかのように大きなあくびをしながら周囲を見回していった。

「まったく……のんきなヤツだなお前は……」

そう言うと、金髪勇者はそっとツーヤを抱きしめた。

「え？　あ、あの……き、金髪勇者様!?」

いきなりの出来事に、慌てふためくツーヤ。

（……無事でよかった）

そんなツーヤを、金髪勇者はしばらくの間抱きしめ続けていた。

◇数日後・魔王城玉座の間◇

豪奢《ごうしゃ》なつくりの玉座の前、床の上にどっかと腰を下ろしている魔王ドクソン。

その前で、ベリアンナが報告書を読み上げていた。

「……というわけで、金髪勇者様のクッソ協力のおかげで、クッソコレクタブルに捕縛されていた稀少種族達を全員保護することが出来ました。クッソコレクタブルがクッソ人身売買を行って得た金銭に加えて、その記録も押収しましたので、稀少種族達のその後もすでにクッソ追跡を開始しています」

「アイツの手先の動向も探れたのか？」

「はい、カルゴーシ海にて海賊行為を行っているブリードックなる海賊が、クッソコレクタブルの部下のクッソ魔法使いの協力を得て稀少な魔獣を捕縛したり、稀少種族を手に入れようとしていたみたいです。あと、クッソ闇商会とか言うヤツらもその企《たくら》みに加担していたようですので、そっち

も調査を進めています」

「うむ……そうか、わかった」

ベリアンナの報告を聞いた魔王ドクソンは、満足そうに頷いた。

「ベリアンナよ」

「は、はい！」

「お前《め》ぇの働きのおかげで、稀少種族事件が無事解決した。礼を言う」

床に座ったまま、深々と頭を下げる魔王ドクソン。

その光景に、玉座の間に集まっていた魔族達からどよめきがあがった。

ユイガードと名乗っていた時代の魔王ドクソンは、自分こそ正義であり絶対との考え方を持っており、他人に対してお礼を言うどころか、頭を下げることなどありえなかった。

その時代の魔王ドクソンのことを身をもって知っているだけに、魔族達のどよめきもある意味必然といえた。

「あ、あの魔王ドクソン様が頭を下げておられる……」

「最近はずいぶん性格が円くなられたと感じてはいたが……」

どよめき続ける魔族達の前で、ベリアンナは片膝をついて頭を下げる。

「わ、私のような者にもったいないお言葉。このベリアンナ、これからも四天王として恥ずかしくない働きを誓います」

ベリアンナと同時に、脇に控えていた残りの四天王であるザンジバルとコケシュッティも片膝をついて頭を下げていく。

それに続くようにして、ベリアンナの後方に控えている魔族達も、一斉に片膝をついた。

魔王ドクソンは改めて、四天王を見回していく。

四天王でありながら、三人しか任命していない。

（……あそこに、兄貴が加わってくれたら……）

ザンジバルの隣に、魔王ドクソンは金髪勇者の姿を思い浮かべる。

（……今回の事件解決に協力してくれた礼を言いにいかねぇとな、うん）

内心でそんなことを考えている魔王ドクソン。

そこに、側近のフフンが歩み寄ってきた。

「魔王ドクソン様、お考えを巡らせている最中に恐縮ですが……この後、今回保護した稀少種族達の今後の処遇に関する緊急会議を開きます。その後、西方魔族の謁見の予定があり、次いで……」

伊達《だて》眼鏡を右手の人差し指で押し上げながら、今後の予定を読み上げていくフフン。

その言葉を聞きながら、魔王ドクソンは顔に複雑な表情を浮かべていた。

（……どうやら、金髪勇者の兄貴に礼を言いにいくのは、当分先になりそうだな……）

そんなことを考えながら、ため息をつく魔王ドクソンだった。

第四章 ……フリオ家、久々にカルゴーシ海岸へ行く　後編……8

海岸で捕縛したブリードックに加えて、海上に投げ出されていた海賊達《たち》を救助し、その身柄をカルゴーシ海岸衛兵事務所へと移送し終えたバンビールジュニアとフリオ一行は、バンビールジュニアの屋敷へと案内されていた。

一階にある応接室に、フリオとリース、そしてバンビールジュニアの姿があった。

「まさか、これが厄災魔獣だったとは……」

フリオは、自分の持ち物ストレージの中に保存している厄災魔獣のウインドウを確認しながらその顔に苦笑を浮かべていた。

『厄災の魔鯨（厄災魔獣）』

と表示されているウインドウの詳細を、リース・バンビールジュニアの二人と一緒に確認しているフリオ。

「大きさで言うと、ドゴログマ世界で捕縛した厄災の竜より一回り大きいみたいだね。でも能力的には厄災の竜の方が上なのか……」

「バンビールジュニアさん、この厄災魔獣は、以前から海賊船団と一緒にカルゴーシ海岸を襲撃していたのですか？」

リースの言葉に、首を左右に振るバンビールジュニア。

「……カルゴーシ海岸沖に、その存在を確認出来たのは、一ヶ月くらい前……でも、姿を現したのは今回が初めて……それに、海賊船に従う厄災魔獣も、はじめてです……」

困惑した表情を浮かべるバンビールジュニア。

その隣で、ウインドウの表示を確認していたフリオは、

「……ひょっとして、これの影響かな？」

そう言いながら、ウインドウ内の表示を指さした。

リースとバンビールジュニアは、その表示を左右からのぞき込んでいく。

そこには、

『隷属化魔法の支配下にあった痕跡あり』

と表示されていた。

「まぁ、隷属化魔法ですか。それじゃあ、ヒヤが捕縛したあの魔法使いがこの魔法を使用して、厄災魔獣に言うことを聞かせていたのですね？」

「奥方様、どうもそうではなさそうです」

フリオとリースの後方にヒヤが姿を現した。

「あら、そうなのヒヤ？」

「はい。あの魔法使いから話を聞いたところ、隷属化魔法を使用したのは『コレクタブル』なる人

物だそうでして、あの魔法使いはそのコレクタブルが使用した隷属化魔法の支配下にある魔獣に命令することが出来るよう許可を与えられていただけなのだそうでございます」

「へぇ、他人が使用した隷属化魔法を、他人が使用することが出来るようになるんだ」

「おそらくですが、このコレクタブルなる人物が、隷属化魔法を改良したのだと思われます」

ヒヤの言葉に、フリオは少し寂しそうな表情を浮かべた。

「そのコレクタブルっていう人がどんな人なのかは知らないけど……隷属化魔法を改良するような人は、ちょっと好きになれないかな……」


このクライロード世界とは違う、別の世界であるパルマ世界から召喚されたフリオ。

そのパルマ世界では、人族が亜人族を差別し、隷属化することが多かった。

フリオはそんな不平等な世界で、せめて自分だけは差別することなく亜人族達と普通に接することを心がけていた。

そんなフリオだけに、隷属化魔法に嫌悪感を持っていたのであった。


「至高なる御方《おんかた》のお気持ちはお察しいたします。ですが、こういった魔法のことを知っておくのも大切なことと愚考いたします」

「そう、なのかな？」

「はい。隷属化魔法のことを知っていなければ、その魔法を悪用している人間を止めることが出来ませんし、最悪の場合、隷属化魔法の支配下におかれてしまう可能性が高くなってしまいます。ですが、隷属化魔法のことを熟知していればその危険性も格段に低くなりますゆえ……」

「なるほど……そういう考え方もあるね」

ヒヤの言葉に、フリオは納得したように頷《うなず》いた。

「……そういえば、ヒヤはあの魔法使いからどうやってそのことを聞き出したんだい？」

「はい、ダマリナッセやマホリオンとともに、優しく尋問いたしましたところ、自ら進んですべてを自供してくれました……尋問の状況を詳しくお話しいたしましょうか？」

そう言うと、その口元に妖艶な笑みを浮かべるヒヤ。

（……あ、これは修錬の一環だな……）

そう察したフリオは、

「うん、今日のところは遠慮しておくよ」

いつもの飄々《ひょうひょう》とした笑みを浮かべながら首を左右に振った。


ヒヤの修錬……

フリオに敗北し、その強さに感嘆したヒヤは、自ら進んでフリオの配下となった。

フリオ一家と一緒に生活するうちに、フリオとリースが夫婦として夜の生活を営む姿に興味を抱いたヒヤは、自らが捕縛したダマリナッセやマホリオンとともに、修錬と称して、夜の営みの実験を日夜続けているのである。

なお、魔人であるヒヤは、基本の性別は女性であるが、本来両性具有である。


「あ、あの……」

ここで、バンビールジュニアがおずおずと手を挙げた。

「そ、それで……み、皆様は、この後はどうなさるご予定なのでしょうか？」

「あ、はい。依頼されていました厄災魔獣も捕縛出来ましたので、家族みんなでカルゴーシ海岸で遊んでから、明日の定期魔導船で帰宅する予定ですが」

フリオがそう言うと、バンビールジュニアは慌てた様子で立ち上がった。

「あ、あの……よ、よろしかったら、ボクの屋敷に泊まっていかれませんか？　あ、あの……フリオ様や、皆様には今回も大変お世話になりましたので……」

身振り手振りを交えながら、バンビールジュニアは言葉を続ける。

「旦那様、バンビールジュニア様もこう言っておられますし、お言葉に甘えてもよろしいのではありませんか？」

「それもそうだね」

リースの言葉に、フリオはいつもの飄々とした笑みを浮かべながら頷くと、その視線を改めてバンビールジュニアへ向けた。

「そうだね。じゃあ、お言葉に甘えさせて頂いてもよろしいですか？　ただ、今日は、僕の家族だけじゃなくて、子供達の友人達もいるんですけど？」

「あ、はい……全然問題ありません。む、むしろ嬉《うれ》しいといいますか……その、前に皆さんとご一緒させて頂いた時、とっても楽しかったので……」

「そういえば、以前お祭りの時にも泊めて頂きましたね。では、よろしくお願いいたします」

フリオの言葉に、バンビールジュニアは嬉しそうに微笑《ほほえ》みながら頷いた。

「それじゃあ、僕達は子供達の様子を見て来ますね」

そう言うと、フリオ・リース・ヒヤの三人は部屋を後にしていった。

その後ろ姿を見送ったバンビールジュニアは、

「い、急いで歓迎の準備をしないと……えっと、食事の準備と、部屋の準備と……」

急いで準備しないといけないことを指を折りながら確認していく。

その最中に、バンビールジュニアはふと顔をあげた。

「……えっと……あれ？　あと、何か大切なことを忘れているような……えっと、何だったっけ……」

◇同時刻・カルゴーシ海岸◇

数刻前まで、海賊船が来襲したため封鎖されていたカルゴーシ海岸だが、バンビールジュニアの従者であるポルセイドンやエドサッチ達による海賊船の瓦礫《がれき》撤去作業が完了したことを受けて、海岸の開放が再開されていた。

そんな海岸の一角に、フリオ家の面々の姿があった。

「ふわぁ……」

水着姿のリルナーザは、サベアを抱っこしたまま海を見つめていた。

その足元には、シベア・スベア・セベア・ソベアのサベアファミリーが集まっている。

草原の緑をモチーフにした水着を身につけ、その頬を赤く染めながら興奮している様子のリルナーザ。

「リルナーザは、海を見るのははじめてよね」

その横に、笑顔のエリナーザが歩み寄ってきた。

白を基調にしたワンピースの水着を身につけているエリナーザは、日焼けを避けるためにツバの広い帽子を被《かぶ》っている。

リルナーザはそんなエリナーザに笑顔を向けた。

「はい！　ドゴログマ世界で大きな湖は見たことがあるのですけれども、海を見たのは生まれてはじめてです！」

リルナーザは興奮のあまり、声を裏返らせていた。

寄せては返す波に、恐る恐るといった様子で足を伸ばしている。

そんなリルナーザの様子を笑顔で見つめているエリナーザ。

「あんまり沖に行っては駄目よ。なるべく、誰かと一緒にいるようにしなさいね」

「はい！　わかりましたエリナーザお姉ちゃん！」

「エリナーザ姉さんとリルナーザ、ここにいたんだ」

そんな二人の後方からガリルの声が聞こえてきた。

エリナーザとリルナーザが振り向くと、そこに水着姿のガリルの姿があった。

笑顔で二人の下に歩み寄っていくガリル……なのだが、その後方には、サリーナとアイリステイルを先頭に、スノーリトルやレイナレイナといった同級生達。

さらに、

「あの男性、格好良くない？」

「うん、すごくいけてるよね」

海岸に遊びに来たらしい女性達が、ガリルの後を追いかけるようにして付き従っていた。

その光景を目の当たりにしたエリナーザは、

「ガリルってば、相変わらずすごい人気ね」

苦笑しながらガリルへと視線を向けていた。

そんなエリナーザに、笑顔を向けるガリル。

「そんなことないよ。みんな僕なんかと仲良くしてくれて、本当にありがたく思っているんだ」

その顔に、飄々とした笑みを浮かべながら周囲を見回すガリル。

その笑顔は、父親であるフリオの面影を宿していた。

そんなガリルに、サリーナとアイリステイルがにじり寄っていく。

「さ、サリーナだって、ガリル様と仲良くして頂けて感謝感激リン！」

フリフリのついたビキニ姿のサリーナは、そう言うとガリルの右腕に抱きついた。

「アイリステイルも、すっごく喜んでいるんだゴルァ！」

黒を基調としたワンピースの水着を身につけているアイリステイルも、ぬいぐるみの口をパクパクさせながら腹話術よろしく言葉を発し、同時にガリルの左腕へと抱きついた。

「ずるいですわ！　私もガリル様ともっと仲良くさせて頂きたいですわ！」

「あ、そ、それなら私も……」

その後方から、スノーリトルとレイナレイナも駆け寄っていく。

さらに、その後方からガリルの様子を遠巻きに見つめていた女性達まで、

「ワンチャンあるなら、私もぜひ！」

「あ、あの……ご迷惑でなかったら私もぜひ……」

口々に、そんな言葉を発しながらガリルの後方に集まりはじめた。

期せずして、ガリルの周囲に人だかりが出来上がっていく。

ガリルは、そんな女性達を笑顔で見回すと、

「海賊騒ぎも収まったし、みんなで楽しく遊びましょうか」

「「「はい！」」」

一同が声を揃《そろ》えて返事をしていた。


そんな一同を、リスレイは少し離れた場所から見つめていた。

「相変わらず、ガリちゃんってば大人気だねぇ」

動きやすさを重視したスポーティな水着を身につけているリスレイは、アキレス腱《けん》を伸ばしながら準備運動の最中だった。

そんなリスレイの横に、レプターの姿があった。

「まぁ、ガリルは男の俺から見ても格好いいしな。それに、裏表がないし、みんなに優しい……モテない方がおかしいよ」

苦笑しながら、リスレイと一緒に準備運動を行っているレプター。

「ま、こっちはこっちで、久々の海を楽しみましょうか。とりあえず、あの岩場まで競争ね」

「あぁ、負けないからな」

リスレイの言葉に、レプターはニカッと笑みを浮かべる。

そんなレプターの肩が、後方からガッシと摑《つか》まれた。

「水泳競争と見せかけて、海岸から離れた岩場で二人きりになろうとは……油断も隙もあったものではないな」

「うぇ!?　……す、スレイプさん……」

いきなり現れたリスレイの父、スレイプに、レプターは思わず顔を強《こわ》ばらせる。

先ほどまで楽しそうに左右に振られていた蜥蜴《とかげ》族特有の尻尾も、今は垂れ下がったままピクリともしていない。

「はっはっは。まぁ、そう嫌そうな顔をするでない。さぁ、みんなで競争しようではないか」

豪快に笑いながらレプターの肩をバンバンと叩《たた》くスレイプ。

「あ、は、はい……」

レプターはその言葉に、頷き返すことしか出来ない。

そんな二人のやり取りを、リスレイは苦笑しながら見つめていた。

「パパ、あんまりレプターをいじめないでよね。私の友達なんだからさ」

「はっはっは、当然ではないか。だからこうして一緒に遊ぼうとしているのではないか」

そう言いながら、レプターの肩に手を置くスレイプ。

レプターは、そんなスレイプに愛想笑いを返すのがやっとだった。

◇◇◇

砂浜から少し離れた岩場に、ゴザルの姿があった。

鼻歌を歌いながら、太い竿《さお》の準備をしているゴザル。

海賊船相手にウリミナスは苦笑しながら見つめている。

そんなウリミナスの眼前で、ゴザルは太い竿をぶんぶんと振り回していた。

「うむ、こんなもんだろう」

竿の具合に満足した笑みを浮かべたゴザルは、おもむろに麦わら帽子を被っていく。

（……ニャんか、ドゴログマの湖で釣りをして以来、すっかり釣りにはまったんニャよね、ゴザルってば）

相変わらず苦笑しながらも、ウリミナスはどこか優しい眼差《まなざ》しをゴザルに向けていた。

（……魔王時代は、朝から晩まで魔族のことばかり考えて、難しい顔ばかりニャったのに……魔王の座を捨てて、フリオ殿と一緒に暮らし始めてからのゴザルは、いつも楽しそうにしているニャ……魔王時代のゴザルのことも嫌いじゃニャかったけど、今のゴザルの方がアタシは好きニャ）

ゴザルの姿を見つめながら、そんなことを考えていたウリミナス。

そんなウリミナスへ、ゴザルがいきなり視線を向ける。

「待っていろウリミナスよ、今夜は私の釣り上げた魚を腹いっぱい食わせてやるからな！」

楽しそうに笑うゴザル。

（……に、ニャ!?）

その笑顔に、思わずドキッとしてしまうウリミナス。

頬を赤くしているウリミナスの前で、ゴザルは豪快に竿を振り抜いていく。

ドォン！

竿の速度が速すぎるあまり、空気を切り裂く轟音《ごうおん》とともにゴザルの眼前の海が左右に割れていく。

（……あ、相変わらず……規格外すぎるニャ……）

ウリミナスは、その光景を苦笑しながら見つめている。

「ところでウリミナスよ」

「ニャ？」

「その水着、似合っているな」

「う、ウニャ!?」

不意打ちをくらったウリミナスは、耳まで真っ赤になりながら飛び上がった。

そんなウリミナスは、この日のために新調した、露出度を抑えながらも体のラインを美しく見せる趣向が凝らされている水着を身につけていた。

「……も、もう……ゴザルは卑怯《ひきょう》ニャ……」

「うん？　何がだ？　思ったことを口にしただけだぞ。フリオ殿も言っていたからな、『思ったことは口にしないと伝わらない』とな」

「……う、ウニャあ……」

ゴザルの言葉に、それ以上言葉を発することが出来なくなったウリミナスだった。

◇◇◇

海賊騒ぎが収まったカルゴーシ海岸では、フリオ一行だけでなく、一般の観光客も多数繰り出していた。

バンビールジュニアの屋敷から海岸に移動したフリオとリースも、水着に着替えて久々の海を満喫していた。

「旦那様、たまにはこうしてのんびりするのもいいですわね」

浅瀬を並んで歩いているフリオに、リースが笑顔で話しかける。

白を基調としたビキニの水着が、リースのプロポーションのいい体を強調していた。

三人の子供の母親とは思えない抜群のプロポーションをしているリース。

「そ、そうだね。最近色々と忙しかったしね」

そんなリースの姿に、フリオは思わずドキッとしながらも、どうにか平静を装おうとしていた。

そんなフリオの腕に、リースは容赦なく抱きつく。

ムニュ

フリオの腕に、リースの豊満な胸が押し当てられていく。

その感触に、フリオは思わず頬を赤くした。

「……あ、あれ？」

その時、フリオはあることに気がついた。

立ち止まり、浜辺へ視線を向けるフリオ。

「旦那様？　どうかなさったのですか？」

怪訝《けげん》そうな表情を浮かべながら、リースが隣で首をひねる。

「あの辺りに、転移魔法の反応があるんだけど……」

フリオが浜辺を指さすと同時に、その一帯に魔法陣が出現した。

黄金に光り輝きながら回転している魔法陣。

「……誰が、ここに転移しようとしているのでしょう？」

そう言いながらも、万が一に備えてリースが身構える。

フリオはそんなリースの横で、魔法陣に向かって右手を伸ばす。

その手の先に魔法陣が展開し、ゆっくりと回転していく。

自らが展開した魔方陣で、フリオは出現した魔法陣のことをサーチしていく。

「心配しなくてもいいよ。あの魔法陣はクライロード城の魔導士達が詠唱しているみたいだ」

「あら、そうなんですの？」

フリオの言葉を受けて、リースは臨戦態勢を解いた。

「パパ！」

そこに、エリナーザが駆けつけてきた。

「こっちの方から転移魔法の反応を感じたんだけど……」

フリオの隣で立ち止まると、周囲を見回していくエリナーザ。

「……ふむ、どうやらあれが原因のようですね」

エリナーザの後方に、ヒヤも姿を現した。

そんな一同が見つめている先に、まず姫女王と魔導士達が姿を現した。

「バンビールジュニア様から報告のありました海賊達の襲撃地点はこの地点の先です。皆さん、くれぐれも油断しないでくださいい」

一同の先頭に立ち、周囲の様子を見回している姫女王。

その後方に、ゾクゾクと鎧《よろい》姿の騎士や、杖《つえ》を携えた魔導士達が出現していく。

「転移魔法を使用し、魔力が減少している魔導士の皆様は後方で待機してください。騎士の皆様は陣形を……」

姫女王は周囲の様子を見回しながらテキパキと指示を出している。


バンビールジュニアから、海賊の襲来による救援要請の魔法通信を受けた姫女王は、すぐに動ける姫女王直轄の騎士団を自ら率い、魔導士達による転移魔法で駆けつけてきたのであった。

しかし、フリオの転移魔法であれば、クライロード城そのものをカルゴーシ海岸に転移させることも可能なのだが、そこまで強力な転移魔法を使用出来るのは、クライロード世界の中ではフリオしかいない……そのことに気がついているのは、フリオを含めて数人しかいないのであった。


カルゴーシ海岸に向かった直轄の騎士団員が全員転移を終えたことを確認した姫女王は、周囲を見回し続けていた。

「……あ、あら？」

その顔には、困惑した表情が浮かんでいた。

それもそのはず……

姫女王の眼前に広がっている海岸は、海水浴を楽しんでいる人々でごった返しており、海賊の気配などどこにもなかったのである。

その光景を目にしながら、姫女王は困惑の度合いを深めていく。

姫女王の後方に、同行していた第二王女と、姫女王直轄騎士団の女騎士団長ボラリスが駆け寄る。

「……ひょっとして、海賊達の討伐、もう終わったのかな？」

「……しかし、魔法通信による緊急連絡を受けてまだ数刻しか経《た》っていませんし……いくらなんでも早すぎるのではないでしょうか……」

第二王女とボラリスも、困惑した表情を浮かべながら周囲を見回していた。

◇同時刻・バンビールジュニアの屋敷◇

「……!?」

フリオ達の歓待の準備を行っていたバンビールジュニアは、声にならない悲鳴をあげた。

「……そうだ……く、クライロード城に送った魔法通信……海賊の討伐が終わったことを、連絡するのを忘れてた……」

そのことに気がついたバンビールジュニアは、窓辺に向かって駆け出した。

窓の向こう、カルゴーシ海岸の手前に姫女王率いるクライロード城からの軍勢の姿が見えた。

それに気がついたバンビールジュニアは、ただでさえ色白な肌をさらに白くしながら、魔法で飛《ひ》翔《しょう》し、窓から飛び出していった。

◇◇◇

姫女王の前にはフリオの姿があった。

「……そうですか……フリオ様が、海賊達を討伐してくださったのですね」

「あ、いえ、僕は魔獣を捕縛しただけで、海賊達は我が家の同居人のみんなが退治してくれたんですよ」

フリオから、海賊達を討伐した経緯の説明を聞いた姫女王は、その顔に安堵《あんど》の表情を浮かべていた。

そこに、屋敷から慌てて飛翔してきたバンビールジュニアが降り立った。

「……あ、あの……ひ、姫女王様……れ、連絡忘れていたのですが……か、海賊は……」

あたふたしながら、一生懸命説明しようとするバンビールジュニア。

……これが、前クライロード王であれば、

『貴様！　このクソ忙しい時に無駄足を踏ませおって！』

散々罵倒された後に、多額の罰金を課されていたはずであった。

……しかし、

「いえいえ、海賊討伐の後始末などで忙殺されていたのでしょう？　むしろ、海賊討伐の支援に間に合わなくて申し訳ありませんでした」

姫女王は、バンビールジュニアに労《ねぎら》いと謝罪の言葉を口にしながら頭を下げていた。

「あ、あの……あ、頭をあげてください……わ、悪いのはボクの方で……」

慌てて、自らも頭を下げるバンビールジュニア。

しばらくの間、二人は互いに頭を下げあう格好になっていた。


その後、バンビールジュニアが捕縛していた海賊達をボラリスが中心になって牢屋《ろうや》から連行してきた。

その様子を確認していた姫女王の隣に、フリオが歩み寄った。

「あの海賊達が使役していた魔獣と、その魔獣を操っていた魔法使いを僕達が捕縛しているのですが、それも引き渡した方がいいでしょうか？」

「そうですね、魔法使いは引き渡しをお願いしたいのですが、魔獣に関しては所定の報告書を提出頂けば、その身柄の所有権は捕縛者にございますので、フリオ様のよろしいようにしてくださってかまいません」

「わかりました。では、魔法使いの事情聴取をしているヒヤに、魔法使いを連れてくるよう言っておきますね」

フリオの言葉に、思わず顔を青くする姫女王。

「ひ、ヒヤ……って、あ、あの……光と闇の根源を司《つかさど》る魔人の……」

姫女王の脳裏に、かつて断罪の首輪を使用しクライロード城内のすべての人間の命を奪おうとしたヒヤの姿が浮かぶ。

姫女王の後方に控えていた騎士達も、姫女王と同様のことを思い出しているのか、一様にその顔を青くし、ガタガタと体を震わせていた。

姫女王達の様子でだいたいの事情を察したフリオは、その顔にいつもの飄々とした笑みを浮かべる。

「えぇ、そのヒヤで間違いありませんけど、今のヒヤはむやみに魔法を使用したりしませんので安心してください」

「そ、そうですか……そ、それなら安心ですね……」

フリオの言葉に、姫女王と騎士団の面々は大きな安堵の息を吐き出した。

「そ、それでは、私達は定期魔導船を利用してクライロード城へ戻ろうと思いますので」

先日就航したばかりの定期魔導船には、ここカルゴーシ海岸からクライロード城下街へ向かう便があった。

転移魔法を使用した魔導士達の魔力の回復に一日近くかかるため、転移魔法を使用することが出来ない姫女王一行は、定期魔導船を利用して城に戻ることにしていたのであった。

「あ、それでしたら……」

フリオは、そう言うと右手を伸ばして詠唱をはじめた。

それに合わせて、フリオの前の地面に魔法陣が展開し、その中から黒い扉が出現した。

「よかったら、こちらからお帰りください」

そう言って、召喚した転移ドアの扉を開けるフリオ。

その扉の向こうは、クライロード城の正門へと続いていた。

その光景に、思わず目を丸くする騎士団の面々。

「お、おい……あれって、転移魔法なのか？」

「て、転移魔法ってのは、魔法陣の中の人間を転移させる魔法じゃねぇのか？」

「まさか、あの扉をくぐれば、すぐにクライロード城へ帰れるっていうのか、おい……」

フリオの転移ドアをはじめて見た騎士達は、口々に困惑した声をあげる。

その扉の向こう、クライロード城の正門の守備をしている騎士達も、突然出現した転移ドアを前にして、慌てている姿が見て取れた。

しかし、今まで何度かフリオの転移ドアを見たことがある姫女王は、

「お手を煩わせてしまい申し訳ありません。せっかくのご厚意ですので、ありがたく利用させて頂きますね」

フリオに向かって恭しく一礼しながら、感謝の言葉を口にした。

ほどなくして、騎士達が、海賊達を連行しながら転移ドアをくぐっていった。

連絡を受けたクライロード城側からも騎士達が集まっており、海賊達をクライロード城内の牢屋へ連行していく。


そんな中……

「嫌です！　私は行きたくありませんわ！」

転移ドアの近くで、女の悲鳴にも似た叫び声があがった。

「わ、私はもう、ヒヤお姉様やダマリナッセお姉様、マホリオンお姉様がいないと生きていけない体になってしまったのでございます！　どうか、どうかこれからもお側《そば》に置いてくださいませ」

号泣しながらヒヤの足にしがみついている女魔法使い。

魔獣を操っていた、あの魔法使いその人である。

捕縛された時には、超上から目線で、

『アンタ達に話すことなんてないわ』

と、言い放っていた女魔法使い……だったのだが……その女魔法使いは、ヒヤ達と離れたくないと絶叫しながら、号泣し続けていた。

そんな女魔法使いの頭を、ヒヤが優しく撫《な》でていく。

「あなたは、罪を犯したのです。まずはクライロード城にて、その罪を償ってきなさい。それを終えたら、また相手をしてあげますわ」

「……ヒヤお姉様……ヒック……ヒック……」

ヒヤの顔を見つめながら、女魔法使いが嗚咽《おえつ》を漏らす。

「……わ、わかりました……私、罪を償って、必ず戻ってまいります……その時は……」

「えぇ、待っていますよ」

女魔法使いはヒヤに優しく頬を撫でられ、涙を流しながらも頷く。

そして、自らの足でクライロード城へ向かって歩いていった。

その様子を見つめていたフリオは、その顔に苦笑を浮かべていた。

(……あの女魔法使いさん、最初はあんなに反抗的だったのに……ヒヤ達って、一体どんな取り調べをしたんだろうな……)

そんなことを考えているフリオ。

その視線に気がついたヒヤが、フリオの下に歩み寄った。

「至高なる御方、私の取り調べに興味がおありでしたら、記録映像を交えて説明させていただいても……」

そう言いながら、ヒヤがウインドウを開く。

「いや、気持ちだけで十分だよ、ヒヤのことは信頼しているからさ」

フリオは、いつもの飄々とした笑みを浮かべながら、首を左右に振った。


転移ドアの側で、騎士達の移動を見守っている姫女王の下に、第二王女が歩み寄ってきた。

「姫女王姉さん、騎士団達の移動が終了したよ」

「ありがとう第二王女」

第二王女に礼を言うと、姫女王は改めてフリオへ視線を向けた。

姫女王の前には、フリオとリース、そしてバンビールジュニアの姿があった。

「それでは、私達はこれで失礼いたします。バンビールジュニア様におかれましては、これからもクライロード領の南端にあたる、ここカルゴーシ海岸の統治を引き続きよろしくお願いいたしますね」

「は、はい……が、頑張ります……」

バンビールジュニアは、緊張した面持ちで姫女王に頭を下げる。

「北方の魔王軍と敵対していた折には、兵力に余裕がなく、南方のこちらへ兵を回す余裕がございませんでしたけれども、今後は早急に駐屯軍を編成いたしまして、派兵いたします」

そう言うと、姫女王も笑顔で頭を下げた。

その時だった。

「エリーさん！」

フリオ達の後方から、男の声が聞こえてきた。

その声を耳にした姫女王は、ハッとしながら顔をあげる。

その視線の先にはガリルの姿があった。

「ガリル。姫女王さんはお仕事でこられているんだから、その呼び方は駄目だよ」

「あ、そっか。ごめんなさい姫女王様」

フリオに言われて、ガリルが慌てて言い直す。

姫女王は、そんなガリルへ視線を向けていた。

「あ、あの……い、いえ……その、べ、別に私は気にしないといいますか……そ、その、もう後は帰るだけですので、そんなに堅苦しい呼び方をして頂かなくてもですね……」

いつも凛《りん》とした出《い》で立《た》ちで、優雅な口調で話をする姫女王。

そんな姫女王は……ガリルの前で顔を真っ赤にしながら、声を裏返らせ、あたふたと両手を動かし続けていた。

その様子を、唖然《あぜん》としながら見つめている第二王女。

（……え？　あ、あの姫女王姉さんがこんなに慌てるなんて……）

その視線を、姫女王からガリルへと移す。

（……あ、そっか……）

第二王女は、納得したようにポンと手を叩いた。

「この男性が、姫女王姉さんが好意を寄せているガリルくんなんだ」

「ぶふぅ!?」

第二王女の言葉に、姫女王が思い切り吹き出した。

「……な、ななな、何を言っているのですか第二王女……わ、わた、わた、わた……」

顔を真っ赤にしながら、必死になって言葉を続けようとする姫女王。

そんな姫女王の様子を、第二王女は楽しそうに見つめている。

「まぁまぁ、そんなに焦らなくてもいいからさ。あ、そうだ、姫女王姉さんってば、ここ半年くらいほとんど休みなく働き続けていたよね？」

「そ、それはそうですけど……い、今はそれは関係が……」

「定期魔導船のおかげで、外交担当のアタシも、頻繁に城を留守にしなくてすむことになったし、内政の手伝いをしている第三王女も最近はしっかりしてきてるしさ。明日まで休みをとったらどう？」

「や、休みっ、て……そ、そんな急に言われても、城の執務も残っていますし、大臣に了承を得る必要もありますし……」

「執務はアタシが第三王女と一緒にどうにかしておくし、大臣への報告もアタシが上手《うま》くやっとくからさ」

「で、ですが……」

第二王女の言葉に、困惑した表情を浮かべ続けている姫女王。

そこで、第二王女はガリルへ視線を向けた。

「ねぇ、ガリルくんも、姫女王姉さんと一緒に過ごしたいよな？」

「え？　そ、そりゃあ……カルゴーシ海岸で一緒に過ごせるのなら、すごく嬉しいですけど」

ガリルはその顔に満面の笑みを浮かべた。

「……が、ガリルくん……」

その言葉に、姫女王は耳まで真っ赤にしながら、その場で固まってしまう。

第二王女は、そんな姫女王の背後に回ると、

「んじゃ、後はよろしくねガリルくん」

その背中を勢いよく押した。

「きゃ!?」

小さく可愛《かわい》い悲鳴を上げながら、姫女王は前のめりでガリルの腕の中に倒れ込んでいく。

そんな姫女王をガリルがしっかりと受け止めた。

それを確認すると、第二王女は満足そうな表情を浮かべながら何度も頷いた。

「んじゃ、そういうことで。お邪魔しました」

そう言うが早いか、フリオに対して身振り手振りで、

『早くこの転移ドアを消して！』

と訴える第二王女。

それを察したフリオは、少し困惑した表情を浮かべながらも、その手を下ろして転移ドアを消滅させた。

その光景を、姫女王はガリルに抱き留められた格好のままで見つめていた。

「……え、えっと……そ、その……」

「あ、あの……姫女王様……」

ガリルの言葉に、姫女王はモジモジしながら俯《うつむ》く。

「あ、いえ……その……い、今は休暇中ですので……いつものようにエリーと呼んで頂ければ……」

そう言うのが、精一杯の姫女王こと、エリザベートであった。

◇◇◇

ガリルが姫女王を抱き留めている様子を、物陰から見つめている人影があった。

「……何リン、あれは……」

「……どう考えてもおかしいんだ、ゴルァ！」

「……あの女性、ガリル様に馴《な》れ馴《な》れしくありません？」

水着姿のサリーナ・アイリステイル・スノーリトルの三人は、姿が見えなくなったガリルのことを捜しに来て、この場に出くわしていた。

「……ま、まぁでも、見た感じ、結構お年の方みたいリン」

「……同年代のアイリステイル達の方が有利に決まっているんだ、ゴルァ！」

「……そ、そうですわね、えぇ、きっとそうですとも！」

互いに顔を見合わせ、頷き合う三人。

そんな三人の様子を、エリナーザとリルナーザは少し離れた場所から見つめていた。

「えっと……エリナーザお姉ちゃん、サリーナさん達は、何を言っているのですか？」

怪訝そうな表情を浮かべながら、リルナーザはエリナーザへ視線を向ける。

エリナーザは、

「そうね……わかりやすくいうと、みんなガリルのことが大好きってことかな」

にっこり微笑みながらそう言った。

その言葉に、リルナーザは嬉しそうに微笑みながら頷く。

「私もガリル兄さんのことが大好きです！」

そんなリルナーザの頭を、笑顔で撫でるエリナーザ。

「そうね、私もワイン姉さんも、みんなガリルのことが大好きだもんね」

（……まぁ、あの三人の『好き』と、私達の『好き』は、意味合いが違うけど……そのことを理解させるには、リルナーザはまだ幼すぎるものね……）

そんなことを考えながら、リルナーザの頭を撫で続けているエリナーザだった。

◇夕刻・バンビールジュニアの屋敷の庭◇

海水浴を終え、私服に着替えたフリオ一行は、バンビールジュニアの屋敷の庭へ集まっていた。

「これは大物ですねぇ」

その庭の一角に、巨大な魚が横たわっていた。

そんな巨大な魚の横で、麦わら帽子を被って太い釣《つ》り竿《ざお》を担いでいるゴザルが豪快な笑い声をあげていた。

「うむ、フリオ殿が捕縛した厄災魔獣ほどではないが、なかなかの大物であろう？」

その巨大な魚を、バンビールジュニアの従者であるポルセイドンとロリンデームの二人が苦笑しながら見つめていた。

「……なぁ、ロリンデームよ……気のせいかの、ワシにはあの魚が、深海の王者と言われておるアンガーヴァイスに見えるのじゃが……」

「奇遇だねぇ……アタシも今、同じことを考えていた……みたいな？」

「……あのサイズのアンガーヴァイスとなると……深海の主的存在ではないかと思うのじゃが……」

「奇遇だねぇ……アタシも今、同じことを考えていた……みたいな？」

「あの、すさまじい力を持っておる、あのアンガーヴァイスを海底から釣り上げるなど……あの御仁、一体どれだけすさまじいパワーを持っておるのじゃ……」

「……奇遇だねぇ……アタシも今、同じことを考えていた……みたいな？」


ポルセイドンとロリンデームがそんな会話を交わしている中、バンビールジュニアの屋敷の庭ではバーベキューの準備が進められていた。

「がっはっは、このエドサッチ、元海賊だけあって食にもちとうるさいんでな、とびっきり美味《うま》いバーベキューを食わせてやるぜ」

海賊時代の黒服ではなく、白いタキシード姿のエドサッチは、巨大な刀を振り回しながら、魚を捌《さば》き続けていた。

「市場から魚を買って来たっシャ！」

その上空から、魚が満載になっている籠を、足で摑んでいる怪鳥《モンスターバード》姿のロップロンスが下降してくる。

その籠をエドサッチの部下達が受け取り、籠の中の魚をある者は串に刺し、ある者はエドサッチに手渡していく。

地面に降り立ったロップロンスの下に、ワインが駆け寄った。

「ロプロプ！　食べ物は？　食べ物は？」

「今、みんなが調理の準備をしてくれてるっシャ、もう少し待ってほしいっシャ」

「え～……お腹空《なかす》いた！　お腹空いた！」

ロップロンスの前で、ワインがジタバタと両足を踏みならす。

「え、えっと……そ、そんなことを言われても、困るっシャ……」

あたふたしながら周囲を見回すロップロンス。

「ガハハ！　おいロップロンスよ、お前さんも彼女の前では形無しじゃな」

そんなロップロンスの様子を見つめながら、エドサッチがガハハと笑い声をあげる。

「あああ、あの、わわわ、ワインちゃんと僕はそんな関係じゃないっシャ……」

「ガハハ！　まぁまぁいいからいいから、これでも食べさせてやりな！」

そう言うと、後方の鉄板で焼いていたスクイードの串焼きをロップロンスに手渡した。

「困ります～、それは焼き上がったばかりですのに～」

鉄板焼きの手伝いをしていたビレリーが頬を膨らませながら抗議の声をあげた。

「ガハハ！　まぁまぁ細けぇことは気にすんなって」

ロップロンスはそんな会話を交わしているエドサッチを見つめていた。

「……あ、あの……ありがとっシャ」

ペコリと頭を下げると、ロップロンスはワインへと向き直る。

「あの、ワインちゃん、とりあえずこれを食べて……」

そこまで言葉を発したところで、

「いただきま〜っす！」

大きな口を開けたワインが、スクイードの串焼きにかぶりつく。

勢いあまって、ロップロンスの手まで口の中に入れてしまっていた。

「ちょ!?　ちょっとワインちゃ!?　ぼ、僕の手は食べちゃ駄目っシャ!?」

「モゴモゴモゴ……」

「あたた!?　か、噛《か》まないで！　噛まないでほしいっシャ!?」

必死に手を振るロップロンス。

その手からまったく離れる気配のないワイン。

そんな二人の攻防を前にして、周囲に笑い声があがっていた。

一同から少し離れた場所で、ゴザルが自ら釣り上げた巨大な魚——アンガーヴァイスを、切断魔法で切り刻んでいた。

「さぁ、どんどん焼くがよい、まだまだ食える場所があるからな」

楽しそうに笑いながら、魚を捌き続けているゴザル。

そのすぐ隣には仮設のかまどが設置されており、そこでバリロッサとウリミナスが、串に刺したアンガーヴァイスの肉を焼き上げていた。

「んん！　この肉美味《おい》しい！」

自分の顔くらいの大きさの巨大な肉にかぶりついていたフォルミナが、歓声をあげた。

その隣では、ゴーロが夢中になってアンガーヴァイスの肉を頬張り続けている。

「見た目はグロテスクだが、味は素晴らしいな、このアンガーヴァイスという魚は」

嬉しそうに肉を頬張り続けているフォルミナとゴーロの様子を、バリロッサは笑顔で見つめていた。

「……しかし、釣り上げる時のゴザル……すごかったニャ……」

ウリミナスは、その横で苦笑を浮かべながら、ゴザルが釣り上げた時のことを思い起こしていた。


すさまじい勢いで竿を振るったゴザル。

その針に、アンガーヴァイスが食いついたのだが……

ゴザルはその巨体を、力任せに一本釣りの要領で海底から引っこ抜いた。

その影響で、海岸にはかなりの大波が寄せていた。

普通の竿や糸であれば、確実に破壊されていた。

しかし、魔法を駆使して製造したフリース雑貨店の特製品だからこその耐久力だった。

「……釣り上げた後、暴れていたアンガーヴァイス《こいつ》を、ぶん殴って大人しくさせたのも、ゴザルならではニャよねぇ……」

「そ、そんなことまでしていたのか、ゴザル殿は……」

ウリミナスの言葉に、唖然とするバリロッサ。

その後方で、ブロッサムが楽しそうに笑っていた。

「まぁまぁ、ゴザルさんらしいじゃないか。しかし、この肉は美味いなぁ」

フォルミナとゴーロに続いて、ブロッサムまでもがアンガーヴァイスの肉を美味しそうに食べ始めたことで、バリロッサ達の周囲に、徐々に人が集まりはじめていた。


そんな一同から少し離れた場所で、フリオはウインドウの内容を確認していた。

「旦那様、何をご覧になっているのですか？」

そこに、焼き上がったばかりの串焼きを手にしたリースが歩み寄ってきた。

「うん、今日捕縛した厄災魔獣のことを調べていたんだ」

「厄災魔獣の……ですか？」

「うん、この魔獣なんだけどね、体内に巨大な魔石が二つもあるんだよ。しかも、ドゴログマで捕縛した、どの厄災魔獣の魔石よりもすごく大きいんだ」

「まぁ、そうなのですか？」

「そうなんだ。これで定期魔導船をもう一隻、巨大化させることが出来ると思う」

リースから、魚の串焼きを受け取りながら、フリオは嬉しそうに頷く。

「……ところで旦那様、その厄災魔獣の肉は食べることが出来るのですか？」

「え？」

リースの言葉に目を丸くするフリオ。

「と、いいますのも……ゴザルが釣り上げた巨大な魚の肉が思いのほか美味なものですから、旦那様が捕縛された厄災魔獣の肉も美味しいのかなぁ、と思ったものですから」

そう言いながら、リースは串焼きを頬張る。

リースの言葉に、フリオは腕組みをしたまま首をひねった。

「う～ん……どうかな……回復薬の原料にはなっているけど、あれにしても味がいいわけじゃないし……」

「とりあえず焼いてみましょう！　あのゴザルに負けるわけにはいきませんわ！」

リースはアンガーヴァイスを捌き続けているゴザルを横目で睨《にら》み付け、対抗心を燃やしていた。

力を尊ぶ種族である牙狼《がろう》族のリースは、時折勝負にこだわることがあった。

フリオと暮らすようになって、その傾向はかなり少なくなっていたのだが、今回はたまたまスイッチが入った様子であった。


それを察したフリオは、その顔に苦笑を浮かべつつも頷いた。

「そうだね、それじゃあ試しに少し焼いてみようか」

フリオは厄災魔獣の肉を収納ストレージの中で切り分けていく。

（……とりあえず、人体に害を及ぼす成分は含まれていないみたいだな）

魔法で安全を確認してから、その肉を取り出した。

「焼くのは私にお任せくださいな」

「それじゃあ、お願いするねリース」

フリオから肉を受け取ったリースは、鉄板が並んでいる一角へ向かって駆け出した。

「リース様、そのお肉はなんなのですかぁ？」

リースが手にしている見慣れない肉を見つめながら、ビレリーが首をひねる。

「ふふふ、旦那様が捕獲なさった魔獣のお肉ですわ」

ドヤ顔で返事をするリース。

その肉を、さらに細かく刻み、串に刺すと、

「さぁ、焼きますよ！」

それを鉄板の上で焼きはじめた。


……しばらく後。

庭の中に、厄災魔獣の肉が焼ける匂いが充満していく。

「な、なんだこの匂いは……」

その匂いを嗅いだゴザルは、思わず鼻を押さえた。

「くっさ～い！」

フォルミナも、涙目になりながら、鼻を押さえている。

その横で、ゴーロもまた鼻を必死に押さえていた。

「……むぅ……おかしいですわね……」

リースは自らも鼻を押さえながら、それでも厄災魔獣の肉を焼き続ける。

調理中のリースを、バンビールジュニアは複雑な表情で見つめていた。

（……あ、あの……悪臭騒ぎになってしまいそうなので、ちょっと自重して頂きたいのですが……

そう言いたいけど……フリオ様の奥様のされていることですし……あわわ……）

リースを遠巻きにしながら、バンビールジュニアはあたふたし続けていた。

その様子に気がついたフリオは、右手を前に伸ばし、魔法陣を展開していく。

フリオが展開した消臭魔法により、厄災魔獣の肉が焼ける匂いだけが周囲から消え去っていった。

「あうう……助かりましたぁ……は、鼻がもげるかと思ったのですぅ」

リースの隣で、必死に鼻を押さえていたビレリーが、涙を流しながらフリオに頭を下げる。

その隣で、リースは相変わらず首をひねり続けていた。

「おかしいですわね……旦那様が捕縛なさった魔獣のお肉なのですから、こんな匂いがするはずがないのですが……」

(……い、いや……僕が捕縛したからって、変な匂いが絶対にしないわけじゃないから……)

リースの言葉に、心の中で突っ込みをいれるフリオは、

「……匂いはともかくとして、とりあえず食べてみようか。味はいいかもしれないしね」

言葉を濁しながらリースに話しかけた。

「そうですわね！　大事なのは味ですわね！」

フリオの言葉で気を取り直したリースは、改めて肉をしっかりと焼いていく。

程なくして、魔獣の肉が焼き上がった。

「旦那様！　焼き上がりましたわ！」

満面の笑みで、焼き上がった肉の載ったお皿をフリオに手渡すリース。

リース的には、

『まずは群れの長に献上する』

といった牙狼の本能に従った行動であり、何の悪気もなかった。

フリオもまた、そんなリースの行動を理解しているため、苦笑しながらもその肉を受け取った。
（……今は、消臭魔法で匂いは感じないけど……大丈夫かな？）
マジマジと肉を見回していたフリオだが、意を決すると、
パク
串の肉を一つ、口の中に含んだ。
フリオは口の中でモグモグと肉を咀嚼《そしやく》していく。

……数分後。

フリオは、その肉をごくんと飲み込んだ。

「いかがでしたか、旦那様！」

リースは目を輝かせながらフリオににじり寄っていく。

そんなリースの前で、フリオはその顔に複雑な表情を浮かべていた。

「……なんというか……妙に筋っぽいというか、硬いというか……肉汁はすごいんだけど、味はあ

んまりしないというか……」

「そうですか……ゴザルの釣った魚のように美味しくはないのですか……」

フリオの言葉に、リースはがっかりした表情を浮かべた。

そんなリースの様子に苦笑しながら、フリオは魔獣の肉に手をかざす。

（……味はともかく、何か他に特徴とかないんだろうか……）

魔法陣を展開し、肉の成分を解析していくフリオ。

「……あれ？」

ウインドウに表示された内容を確認したフリオは、思わず目を丸くした。

魔獣の肉の成分を表示している欄の中に、

・超滋養強壮
・超自律神経改善
・風邪の即時回復
・超疲労回復
・超病魔退散
・……

色々な効能が何十行も書き連ねられていたのである。

「ちょっと、これはすごいな……」

それを見つめながら、思わず感嘆の声を漏らすフリオ。

「この肉は、今、僕が回復薬を作るのに使っている魔獣の骨や肉よりも、すごく効能が強いみたいだから、そのまま食べるよりも、新しい回復薬の原材料にするのがいいかもしれないね」

「まぁ！　そうなのですね！」

フリオの言葉に、ぱぁっと笑顔を輝かせるリース。

「つまり、旦那様が捕縛した魔獣の肉は、食べるよりももっとすごい使い道があったわけですね！」

「えっと……ま、まぁ、そういうことになるかな」

フリオが苦笑しながら頷くと、リースはドヤ顔となりながら胸を張った。

（……リースって、時々こういった子供っぽい行動をとるんだよな……そういったところが可愛いんだけど）

フリオは、嬉しそうなリースの姿を、いつもの飄々とした笑みを浮かべながら見つめていた。

◇その頃・カルゴーシ海岸の奥地◇

カルゴーシ海岸を陸地側に移動した山間部。

その一角に、数台の荷馬車が止まっていた。

気配隠蔽魔法を展開し、周囲にその存在がわからないように配慮している荷馬車群。

先頭の荷馬車の中で、一人の男が忌々しそうに舌打ちを繰り返していた。

「これはどういうことなんだ？　ブリードックのヤツめ、いつまで待ってもバンビールジュニアの部下達を連れて来る気配がないじゃないか……」

葉巻の煙を吐き出しながら、再び舌打ちをするその男。

その荷馬車の中に、二人の女が入って来た。

「闇王様、大変コン」

深いスリットの入っている金色のチャイナドレスを身につけている女が、焦った様子で男へ報告していく。

「ブリードックが捕まって、その手下達も全員一緒にクライロード城へ連行されたココン」

銀色のチャイナドレスを身につけている女もまた、先ほどの女同様に、焦った様子で男へ報告した。

その言葉を聞いた男――闇王は、勢いよく立ち上がった。

「つ、捕まっただと!?　じ、じゃあ、アイツはどうなったんだ？　コレクタブルのヤツから借り受けた女魔法使いは？」

「それが……あの女もクライロード城に連行されたみたいコン」

「おい、待て……なら、あの女魔法使いが操っていた魔獣はどうなった？　あの魔獣もコレクタブルに売り払う予定だっただろう？　すでに前金までもらっているんだぞ？」

「それが……魔獣も捕縛されたのか、ほとんど反応がないココン。行方を必死に捜していたら、ついさっき、ほんのちょっとだけ反応があったココンゆえに、その反応をたどってみたココンけど……そこはバンビールジュニアの屋敷だったココン」

「なんてこった……あの魔獣まで、バンビールジュニアに捕まったってのか……」

（……確かに、あのバンビールジュニアとか言う女は、結構な魔法の使い手だと聞いてはいたが、まさかそこまでとは……）


忌々しそうに舌打ちしながら、闇王は頭を抱えた。


この闇王……

元はクライロード魔法国の国王である。

しかし、国を治めることよりも私腹を肥やすことに一生懸命になるあまり、王の地位にあるうちから、国の予算を私的に流用し、その金を使って闇の世界で商売を行っていた。

そのことが、第一王女時代の現姫女王の手によって暴かれ、国王の座を追われていた。その後、自らを闇王と称し、闇の世界で行っていた商売に身を投じていたのであった。

「あのコレクタブルって男は、金払いはいいんだが、約束を違《たが》えたらかなりやっかいなヤツだからな……手下の稀少《きしょう》種族を使って何をしてくるかわかったもんじゃねぇ。せめて魔獣だけでも回収して、アイツの下へ届けておかねぇと……」

忌々しそうに舌打ちを繰り返しながら、闇王は考えを巡らせる。


ちなみに……

コレクタブルは、金髪勇者の策略にはまり、すでにクライロード世界に存在していないのだが、闇王達は、まだそのことを知らなかった。


「……金角狐《きんつのぎつね》、銀角狐《ぎんつの》」

「コン」

「ココン」

「お前ぇ達の知り合いで、頼りになりそうなヤツらはいねぇのか？」

「そう……コンねぇ……」

「いないわけでは、ないココン」

金色のチャイナドレス姿の金角狐《きんつの》と、銀色のチャイナドレス姿の銀角狐《ぎんつの》の言葉に、ニヤリと笑みを浮かべる闇王。

「なら、そいつらをすぐに呼べ。早速作戦を練るとしよう」

「わかったコン」

「すぐに呼んでくるココン」

一礼すると、荷馬車の外へ向かって駆け出していく金角狐《きんつの》と銀角狐《ぎんつの》。

その姿は、金色の狐と銀色の狐へと変化し、森の中をすさまじい速度で疾走していった。

二人がいなくなった荷馬車の中で、闇王はなおも忌々しそうに舌打ちを繰り返す。

「……まったく、思い返せば、ワシの人生はあの金髪の男を勇者に任命した時から狂ったとしか思えん……今はクライロード魔法国から指名手配されているようじゃが、ったく、とっとと捕まって公開処刑にでも処されてくれれば、溜飲《りゅういん》も下がるというのに……」

忌々しそうに舌打ちを繰り返しながら、闇王は葉巻をくわえた。

◇その頃・とある森の街道◇

「ぶぇっくしょん！」

荷馬車魔人のアルンキーツが変化している荷馬車の中で、いきなり豪快なくしゃみをした金髪勇者。

「き、金髪勇者様ぁ!?　か、風邪でもひかれたのですかぁ!?」

隣に座っているツーヤが慌てた様子でハンカチを手渡していく。

「いや……風邪ではないと思うのだが……ひょっとしたら、誰かが私の噂《うわさ》をしているのかもしれないな……」

受け取ったハンカチで口元をぬぐっていく金髪勇者。

「あ～……ひょっとしたら、魔王ドクソンさんかもしれませんねぇ」

金髪勇者の言葉に、ガッポリウーハーが大きく頷く。

「それはありうるわねぇ。金髪勇者様ってばぁ、稀少種族誘拐事件を解決したお礼を言いたいっていう魔王ドクソンの申し出を断っちゃうんですものねぇ」

ガッポリウーハーの言葉に、ヴァランタインも相づちをうっていく。

『金髪勇者殿、なんでしたら今からでも魔王城に向かうでありますが？』

荷馬車に変化しているアルンキーツの声が天井の辺りから響いてくる。

その言葉に、金髪勇者はゆっくりと首を左右に振った。

「その必要はない。私は私がしたいと思ったことを勝手にやっただけだからな」

「金髪勇者様……」

金髪勇者の言葉に、馬車の中の一同は一様に感動した表情を浮かべていた。

「……では、側近のフフン殿の使いの方から報奨金の申し出を受けているのですが。それもお断りすればよろしいで……」

リリアンジュがそこまで言葉を発すると、金髪勇者はおもむろに右手の平をリリアンジュへ向けた。

「……いや、それはありがたくもらっておこう」

「え、そ、そうなのでござるか？」

「えぇい、私がそう決めたのだ！　わかったな！」

「り、了解したでござる。では、早速受け取りに行ってくるでござる」

そう言うと、リリアンジュは荷馬車から飛び出していく。

金髪勇者は、その後ろ姿を窓から見送っていた。

「……まぁ、あれだ……理想だけでは食っていけぬからな」

「ふふ、金髪勇者様のそういうところ、嫌いじゃないですよぉ」

クスクス笑いながら金髪勇者に体を預けていくツーヤ。

そんな一同を乗せたアルンキーツの荷馬車は、木々に覆われている街道をゆっくりと進んでいた。

◇その夜・カルゴーシ海岸内バンビールジュニアの屋敷◇

「おかしいリンねぇ……」

屋敷の廊下を、サリーナが歩いていた。

キョロキョロしながら、フリオ一行が宿泊している二階の廊下を進んでいるサリーナ。

その反対側から、アイリステイルとスノーリトルが歩いてきた。

二人とも、サリーナ同様に左右をキョロキョロしながら歩いている。

「サリーナさん、そちらにガリル様はいらっしゃいました？」

スノーリトルが、首をひねりながらサリーナへ声をかけた。

「いないリン。エリナーザ様達と一緒の部屋にいるはずリンけど、今、お邪魔したらおられなかったリン」

「こっちの魔法学校のヤツらが宿泊している部屋にもいなかったんだゴルァ！」

抱っこしているぬいぐるみの口をパクパクさせながら、腹話術よろしく声を発するアイリステイル。

その言葉を聞いたサリーナは、腕組みをしながら首をひねった。

「せっかく、ガリル様と一緒に夜のカルゴーシ海岸をお散歩しようと思っていたリン……なのに、肝心なガリル様はどこに行かれたリン？」

サリーナの言葉に、アイリステイルとスノーリトルも腕組みをしながら首をひねっていた。

◇同時刻……◇

「……星が綺麗《きれい》ですね……」

夜空を見上げながら、笑みを浮かべている姫女王こと、エリー。

そんなエリーの隣に、ガリルが座っていた。

バンビールジュニアの屋敷の屋根の上。

そこに、エリーとガリルは並んで座っていた。

「こうしてエリーさんと一緒に星空を見ることが出来て、本当に嬉しいです」

その顔に、飄々とした笑みを浮かべるガリル。

その笑顔を、横目で見つめているエリー。

「それにしても、今日の夕食ですけど、みんなでバーベキューをするなんてはじめてだったので、とても楽しかったです」

「そうなんですか？　僕の実家ではよくやっているんですよ」

「そういえば、そんな話もお聞きしていましたね」

（……ガリルくんとは、フリオ様が作ってくださった通信魔石を通じて、よくお話しさせて頂いていますけど……直接お会いしてお話しさせて頂けると、とっても嬉しいですね……）

そんな風に、ガリルとエリーはしばらくとりとめのない会話を交わしていた。

ふと会話が途切れた時、エリーは小さく咳払《せきばら》いをすると改めてガリルへ視線を向けた。

「……あの、ガリルくん」

「はい、なんですか？」

「ガリルくんは、もうすぐホウタウ魔法学校を卒業するんですよね？……その後は、どうされるおつもりなのですか？」

「その後ですか？」

そう言うと、ガリルはエリーへ視線を向けた。

「決まっているじゃありませんか。僕は、クライロード騎士団学院に進もうと思っています。エリーさんを守るために」

ガリルの言葉に、エリーは頬を赤らめる。

（……はじめて会った時……ガリルくんは元気いっぱいの男の子でした。そんなガリルくんは、その頃から、私のことを守りたいと言ってくれて……）

改めてガリルへ顔を向けるエリー。

魔族ゆえに成長が早いガリルは、エリーの横に座っていても遜色がない青年へと成長していた。

（……今のガリルくんは、雰囲気も落ち着いて、言葉遣いも大人になっていて……）

ガリルの顔を見つめていたエリーは、ハッとなった。

（……あ、でも……そんなガリルくんですもの……同い年の女の子の方がお似合いなんじゃないかしら……今日も、同級生のサリーナさんや、アイリステイルさん達がガリルくんと一緒にいましたし……私は、その……そんなに綺麗なわけでもありませんし、国政ばかり優先していたせいで、デートもしたことがありませんし……ガリルくんが一緒にいても、楽しくないんじゃあ……）

エリーは自分のこととなると、すぐにネガティブになってしまう悪癖を持っていた。

もっとも……三十代手前ながら、男性とお付き合いをしたことが一度もないエリーだけに、それも仕方がないといえなくもない。

「あの……ガリルくん……ガリルくんは、その……やっぱり同年代の女の子の方がお似合いなんじゃ……」

声を詰まらせながら、必死に言葉を続けるエリー。

その言葉を聞いていたガリルは、エリーの肩に手を置いた。

「サリーナやアイリステイル、それにスノーリトル達も大切な友達だけどさ……俺は、エリーさんのことが好きだ。はじめて会った時からずっと……」

そう言うと、エリーの顔にそっと自らの顔を近づけていく。

「え？……あ、あの……が、ガリルくん？」

どんどん大きくなってくるガリルの顔を前にして、エリーはさらに顔を赤くしながら声を裏返らせている。

その眼前のガリルもまた、その頬を赤くしていた。

「……その、エリーさんが嫌なら辞めるけど……キスしちゃ、駄目ですか？」

「え？……あ、あの……え？　は!?」

ガリルの言葉に、エリーは目を丸くしながらパニックになっていた。

そんなエリーを前にして、ガリルはエリーから顔を離す。

「あはは……なんかごめんなさい。いきなり変なこと言っちゃって……」

照れくさそうに後頭部をかきながらガリルは照れくさそうに笑った。

エリーはそんなガリルを見つめながら、完全に停止していた。

「え?……あ、あの……え? あれ?……」

(……が、ガリルくんが勇気を出してくれたのに……そのまま押し切ってくれてもよかったのに……そ、そこで辞めちゃうなんて……って、い、いえ……それは私があまりにもパニクったからであって……えっと、な、なんでこんな時に、こんな行動しか出来ないの私って……)

エリーは一度大きく深呼吸する。

顔を真っ赤にしたまま、ガリルの顔を両手で摑んだエリー。

「が、ガリルくん」

「え?」

エリーのいきなりの行動に、ガリルは困惑した表情を浮かべる。

そんなガリルに向かって、今度はエリー自ら顔を近づけていく。

月の光の下、エリーの唇がガリルの唇と重なっていた。

きつく目を閉じながらも、エリーは唇を重ね続ける。

最初は戸惑っていたガリルも目を閉じ、エリーを優しく抱き寄せていった。

二人は、しばらくの間唇を重ねあっていた。

◇翌日・カルゴーシ海岸◇

バンビールジュニアの屋敷での朝食を終えたフリオ一行は、朝からカルゴーシ海岸へと繰り出していた。

「もう！　ガリル様ってば、昨夜はどこへ行かれていたリン？　サリーナ達、すっごく捜したリンよ」

ビキニ姿のサリーナが、腕組みをしながらガリルへ言葉をかける。

その水着は、さりげなく昨日よりも露出が多めになっていた。

「ごめんごめん、ちょっと用事があってさ……」

その顔に笑みを浮かべながら、ガリルは頭をさげる。

しかし、その頬は赤く染まっており、明らかにいつもとは様子が違っていたのだが、

「まぁ、用事だったのでは仕方ないリンね。その代わり、今日は昨夜の分まで一緒に遊んでもらうリン！」

「ずるいゴルァ！　アイリステイルも一緒に遊びたいと言ってるゴルァ！」

その後方で、相変わらずぬいぐるみの口をパクパクさせながら腹話術よろしく言葉を発するアイリステイル。

「あの、私もご一緒させて頂きたいですわ」

その後方から、スノーリトルも身を乗り出していく。

そんな一同を見回しながら、ガリルはその顔に笑みを浮かべた。

「うん、わかった。じゃあ、みんなで一緒に遊ぼう」

そう言うと、浜辺に座っていたエリーの手を取る。

「さ、エリーさんも一緒に行こうよ」

「え？　あ、あの……わ、私は……その……」

エリーは声を裏返らせながら慌てだす。

そんなエリーの脳裏に、昨夜の出来事がフラッシュバックしていた。

口元には、昨夜の感触が生々しく蘇《よみがえ》ってくる。

（……昨夜、ガリルくんは私のために勇気を出してくれたのよね……）

ギュッと右手を握ると、エリーは顔をあげた。

「お、お邪魔でなければ、私もご一緒させてください」

そう言うと、エリーはガリルに手を引かれながら海に向かって歩き出す。

顔は真っ赤で、声も裏返っていたが、その顔には満面の笑みが浮かんでいた。


フリオは、そんなガリルとエリーの様子を、少し離れた場所から見つめていた。

砂浜に設置している日よけ傘によって生じた日陰の中。

フリオは敷物の上に腰を下ろしていた。

（……ガリルと姫女王様……このまま関係が進んでくれたらいいんだけど……）

そんなことを考えながら、その顔にいつもの飄々とした笑みを浮かべているフリオ。

そんなフリオの隣に、ヒヤが姿を現した。

「そうですね……ガリル様も至高なる御方のご子息であられるのですから、もう少し押しを強くして頂きたいものですが……口づけだけで終わるなど、もっての外でございます」

ヒヤは腕組みをしながら大きなため息をついた。

「あのヒヤ……ひょっとして、昨夜、ガリルとエリーさんのことを……」

「えぇ、見守らせて頂きましたが、何か問題がありましたでしょうか？」

ことをなげに言い切るヒヤ。

その言葉に、フリオは思わず頭を左右に振った。

（……そうだね……家の中でののぞき行為は厳禁って言ってあるけど、ここは家じゃないし、姫女王様に何か起きたら、クライロード魔法国の問題になってしまうわけだし……そう考えたら、今回のヒヤの行動は一概に悪と言い切ることが出来ないというか……）

頭の中であれこれ思考を巡らせたフリオは、

「……とりあえず、昨夜見たことは、誰にも言わないでおいてくれるかい？」

そう言うのがやっとだった。

「それが至高なる御方のご意思なのでしたら、このヒヤ、その意思に従わせて頂きます」

ヒヤはそう言うと、胸に右手をあてながら恭しく一礼した。

そこに、リースが駆け寄ってくる。

「旦那様、ヒヤと何をお話しになっておられるのですか？」

「あ、い、いや、大したことじゃないんだ。もう終わったし」

「そうですか。でしたら、一緒に泳ぎませんか？」

白を基調にしているビキニ姿のリースは、豊満な胸とくびれた腰つきに加えて、その美しい顔立ちで海岸の中でも特に目立っており、男性だけでなく女性の視線まで集めまくっていた。

そんなリースに、フリオはいつもと変わらない飄々とした笑顔を向けると、

「そうだね、それじゃあ行ってみようかな」

そう言いながら立ち上がり、リースの下へ歩み寄る。

「……ん？」

その時、ふと視線を海の方へ向けた。

「旦那様？　どうかなさったのですか？」

そんなフリオに、リースは怪訝そうな表情を向ける。

「大したことじゃないんだけど……ちょっと気になることが……あれ？」

フリオがそこまで言葉を発すると、目の上に手をあてがいながら沖合へ目を凝らした。

「ど、どうかなさいました、旦那様？」

リースもまた、フリオが見つめている方へ視線を向ける。

眉間にシワを寄せながら目を凝らしているリース。

そこに、ゴザルが歩み寄ってきた。

「フリオ殿よ、気づいておるか？」

そう言っているゴザルの右手には、釣り上げたばかりらしい全長三メートルはありそうな巨大な魚が握られていた。

「まぁ、大したことはないと思うんですけど……あれ？」

沖合へ視線を向けていたフリオは、海上に何かを見つけたらしく、眉間にシワを寄せながら目を凝らしていった。

◇同時刻・カルゴーシ海岸の沖合◇

フリオ達が見つめているカルゴーシ海岸の沖合。

「すっげムカツク！　すっげムカツク！」

全身黒タイツ姿の少女が、怒気の籠もった声を張り上げ続けていた。

その少女は、巨大な蛇の魔獣の頭上に立ち、腕組みをしていた。

カルゴーシ海岸に向かってすごい勢いで海上を進んでいる蛇の魔獣。

その蛇の後方には、蛇の魔獣と同じくらいの巨大な魔獣達が続いていた。

「昔馴染《むかしなじ》みの魔狐姉妹のお願いだから仕方なく出撃してやったけどよぉ。なんなんだよ、バンビールジュニアに囚《とら》われている厄災魔獣を取り返しに行くからカルゴーシ海岸で暴れて、バンビールジュニア達の注意を惹《ひ》きつけろって、アタシと魔獣達を囮《おとり》に使おうってのかよ、マジすっげムカツク！　この、海波《うみなみ》を操りし魔獣使いのウナ様をコケにしてくれたも同然じゃん」

全身黒タイツ姿の少女——ウナは、怒声を張り上げながら後方へ視線を向けた。

「とにかくだ、アタシの魔獣の下僕達、カルゴーシ海岸で思いっきり暴れまくって、あの魔狐姉妹達に、アタシ達の力を見せつけてやるのよ！　いいわね！」

そう言うと、ウナは右腕を天に向かって突き上げる。

それに呼応するように、魔獣達が一斉に鳴き声をあげた。

（……アぁん？）

カルゴーシ海岸を見つめていたウナは、眉間にシワを寄せながら海上を凝視した。

その視線の先に、一隻のボートが浮かんでいた。

ウナが目を凝らしていると、そのボートに乗っている人物がおもむろに立ち上がった。

「……なんだアイツ？　子供か？」

ウナの言葉通り、船に乗っていたのは女の子だった。

ボートの中で、魔獣達が接近してくることに気がついたエリナーザは、

「ちょ、ちょょっとリルナーザ、座りなさい！　すぐに魔法で引き返すから」

慌てた口調でリルナーザへ声をかけた。

この日、

『エリナーザお姉ちゃん、私、沖合に行ってみたいです！』

そう言ったリルナーザのために、ボートを借りてきたエリナーザは、二人で沖合に繰り出していたのであった。


エリナーザの視線の先、ボートの中で立ち上がっているリルナーザは、

「わぁ……動物さんがいっぱいです」

その顔に満面の笑みを浮かべながら、沖合から迫ってくる魔獣達を見つめていた。

「ちょっとリルナーザ!?」

「大丈夫ですよエリナーザお姉ちゃん、あの動物達はみんな良い子ですから」

焦った様子のエリナーザの前で、どこかのんびりした様子で微笑んでいるリルナーザは、改めてその視線を魔獣達へ向けていた。


そんなリルナーザの姿に気がついたウナは、

「ったくよぉ、アタシが操っている魔獣の通り道にいるとは運のない子供だね。みんな、かまわないからこのまま突っ走るんだよ！」

海岸に向かってウナが右腕を突き出す。

そんなウナの眼前で、相変わらず笑みを浮かべているリルナーザは、魔獣達に向かって右手を伸ばした。

「みんな、待て！」

笑顔で、そう言うリルナーザ。


次の瞬間……

魔獣達はその場で急停止してしまった。

「は？　あぇ!?」

ウナの意思とは無関係に停止した魔獣達。

そのため、蛇の魔獣の頭の上に立っていたルナは、急停止の反動でおもいっきり前方に投げ出されていた。

「な、何がどうなっているんだよぉ!?」

ウナは海岸に向かって宙を舞いながらも、困惑した声をあげる。

ウナがいなくなった中、魔獣達はリルナーザの前にゆっくりと集まっていた。

「みんな良い子ね、よく出来ました」

魔獣達に笑顔を向けていくリルナーザ。

そんなリルナーザに、魔獣達はまるで甘えるかのように頭を寄せていく。

リルナーザは、そんな魔獣達の頭を優しく撫でていく。

「ね、エリナーザお姉ちゃん。みんな良い子だったでしょ?」

魔獣達の頭を撫でながら、笑みを浮かべているリルナーザ。

エリナーザは、そんなリルナーザを苦笑しながら見つめていた。

(……おそらくだけど、さっき吹っ飛んでいった女の人が、この魔獣達を使役していたんだと思うけど……リルナーザの方が魔獣使いとしての能力が高かったせいで、魔獣達はリルナーザの命令を聞いちゃったんじゃないかしら……)

魔獣達に甘えられているリルナーザの姿を見つめながら、エリナーザは呆気《あっけ》にとられた表情を浮かべていた。

「……我が妹ながら、ちょっと凄《すご》すぎないかしら?」

思わずそんな言葉を口にしていたのだった。

◇◇◇

リルナーザが、ボートの上で魔獣達の頭を撫でている。

その上空に、ワインとタニアの姿があった。

背に竜の羽を具現化させているワインと、背に使徒の翼を具現化させているタニアは、ともに羽を羽ばたかせながら滞空していた。

「ねぇ、タニタニ？　リルリル助けにいかなくてもいいんだよね？　よね？」

「何度も申し上げますが、私はタニタニではなくタニアでございます……それと、救援は無用のようですね」

「そっかぁ、どかーん！って暴れられなかったけど、リルリルとエリエリが無事ならそれでいっか、いっか」

ワインは後頭部で両手を組みながら、満面の笑みを浮かべていた。

「そうですね……フリオ家の皆様が無事であれば、それに越したことはございませんので」

ワインに向かって一礼するタニア。

その後方には、ダマリナッセとマホリオンの姿もあった。

皆、魔獣の接近に気づき、エリナーザとリルナーザを救出するために駆けつけていたのであった。

◇カルゴーシ海岸沖◇

「ぶはぁ!?」

砂浜に、頭から突き刺さっていたウナは、やっとの思いで立ち上がった。

「ったく、何がどうしたってんだよ、すっげムカツク!」

声を荒らげながら、ウナはぺっぺと口の中に入った砂を吐き出していく。

「ねぇ君、落ち着いたのなら、ちょっと話を聞かせてもらってもいいかな?」

「あ? 何のんきなことを言ってやがんだ!? しばくぞコラ……って……え?」

後ろからの声に、怒鳴り声を返しながら振り返ったウナは、徐々に言葉を失っていった。

同時に、その顔が徐々に青くなっていく。

そんなルナの後方には、先ほどウナに声をかけたフリオを筆頭に、

牙狼族の牙と尻尾を具現化させているリース。

拳をゴキゴキならしているゴザル。

両手に魔法陣を展開しているヒヤ。

剣を構えているバリロッサ。

(ドラゴンを討伐せし)鍬《くわ》を構えているブロッサム。

熱いお湯の入ったポットを手にしているチャルン。

そんな具合で、リルナーザの救出に向かったメンバーを除いた、フリオ家の全員が集合していた。

そのあまりにも強大な魔力の圧力を前にしたウナは、

（……な、なんだよこいつら……ちょっと規格外過ぎない、ねぇ……こんなとんでもないヤツらがいるなんて、聞いてないわよ……）

ガタガタ震えながら、砂浜の上にへたり込んでいった。

フリオはそんなウナを笑顔で見つめると、

「聞こえなかったかな？　落ち着いたのなら、ちょっと話を聞かせてもらってもいいかな？」

再び語りかけるのだった。

その顔には笑みが浮かんでいるものの、その目はまったく笑っていなかった。

◇同時刻・バンビールジュニアの屋敷の裏手◇

バンビールジュニアの屋敷の裏手に広がっている草原の中に、闇王や魔狐姉妹達の姿があった。

「……おい、金角狐《きんつの》よ……お前の友人のウナと言うヤツは、いつになったら暴れはじめるんだ？

その騒ぎに乗じてバンビールジュニアの屋敷に乗り込んで、厄災魔獣を回収する作戦だってのに、これじゃ実行出来ないじゃねぇか……」

「お、おかしいコンね……予定ではもうとっくに騒ぎが起こっていてもおかしくないコン……」

闇王の隣で、額に汗を流している金角狐《きんつの》。

その隣で、銀角狐《ぎんつの》も顔に焦りの色を濃くしていた。

闇王達の後方には闇商会の店員達が、闇王とともに屋敷に突撃するために控えていた。

しかし、いつまで経っても海岸で騒ぎが起きないため、一同は草むらに身を隠しながら身動きが出来なくなっていた。

◇カルゴーシ海岸◇

「……こ、今回は……ほ、本当に申し訳ありませんでしたぁ」

砂浜の上に土下座しているウナ。

その場で、何度も何度も頭を下げ続けていた。

そんなウナの視線の先、波打ち際には先ほどリルナーザがてなづけた魔獣達が集結していた。

その魔獣達の前にリルナーザが立っていた。

「あの……この魔獣さん達はみんなとってもいい子ばかりです。そんな魔獣さん達に暴れるような命令なんて、今後は絶対にしないでくださいね」

「わ、わかりました！　そのお約束、絶対に守ります！」

リルナーザの言葉に、ウナは何度も何度も頭を下げる。


フリオ達によってその身柄を拘束されたウナは、その後、みっちりお説教を受けた上で、海に帰ることを認められていたのであった。

フリオ達を前にして、死を覚悟したウナは、説教だけで許されたばかりか、魔獣達まで返してもらえたことですっかり毒気を抜かれてしまい、心の底から謝罪を繰り返していたのだった。

相変わらずリルナーザに向かって土下座を繰り返すウナ。

リルナーザの隣に立って、その様子を見つめていたフリオは、右手をウナの肩に置いた。

「いいですね？　あんな悪戯《いたずら》は二度としないでくださいね」

「わ、わかりました！　そのお約束、絶対に守ります！」

今度はフリオに向かって頭を下げる。

二人のやりとりを後方から見つめていたバンビールジュニアは、その顔に乾いた笑いを浮かべていた。

（……こ、この魔獣の総攻撃を悪戯って言い切ってしまうフリオ様って……しかも、その魔獣達を一人であっさりと止めてしまったリルナーザさんって……）

波打ち際に集まっている魔獣達を見つめながら、バンビールジュニアはひきつった笑みを浮かべていた。

波打ち際に集まっている魔獣達は、一体だけでもかなりの攻撃力を持っており、全員が一斉に暴れていたら、カルゴーシ海岸が大変なことになっていたのは火を見るよりも明らかだった。

（……そんな魔獣達の総攻撃を悪戯って言い切ってしまう……）

バンビールジュニアは、乾いた笑いをその顔に浮かべながら、フリオ達の様子を見つめ続けていた。


そんな一同の後方には、姫女王の姿もあった。

身分を隠すために、眼鏡をかけ、麦わら帽子を目深にかぶっている姫女王は、ウナと話をしているフリオの姿を見つめ続けていた。

「……フリオ様もですが、リルナーザさんもすごいのですね……」

そんな言葉を口にする姫女王。

「えぇ、リルナーザは本当にすごいんですよ」

姫女王を守るようにして、その横に寄り添っているガリルは、姫女王の言葉に笑みを浮かべながら言葉を返していく。

姫女王は改めてガリルへと視線を向けた。


先ほど、魔獣が攻めて来たことを察したガリルは、

『エリーさん、安全な場所まで連れていくね』

そう言うと、水着姿の姫女王をお姫様抱っこの要領で抱き上げ、そのまま走りだしたのであった。

同時に、サリーナ達にもついてくるよう指示を出していたガリルなのだが……

（……お姫様抱っこ……されてしまった……こんな大勢の人達の前で……）

先ほどの出来事を思い出した姫女王の顔が、瞬時に耳まで真っ赤になっていく。

姫女王は思わず俯いてしまう。

「あれ？　エリーさん、どうかした？　体調悪い？」

心配そうな表情を浮かべながら、ガリルは姫女王の背中をさすっていく。

「あ、あの……だ、大丈夫ですから……」

（って……今、私、ガリルくんに背中をさすってもらっているの？　え？　え？）

そのことを意識した姫女王は、その顔をさらに赤くしながら俯いていった。

◇その日の夕刻・定期魔導船の中◇

カルゴーシ海岸の乗降タワーから、定期魔導船に乗船したフリオ一行。

「みんな疲れましたね」

スベア・セベア・ソベアを抱っこしているリルナーザは、笑顔で窓際の席に座った。

その足元に、サベアとシベアが駆け寄っていく。

二匹の頭を撫でながら、窓の外を眺めていくリルナーザ。

その視線の先、海岸線にはウナと十匹の魔獣達の姿があった。

ウナ達は、リルナーザとの別れを惜しむかのように定期魔導船を見つめ続けていた。

「みんな、また来ますから、その時はまた一緒に遊びましょうね」

リルナーザが笑みを浮かべながら、窓の外に向かって手を振った。

そんなリルナーザのことを、エリナーザが後ろから見つめていた。

「ホント、リルナーザってば、サベア達だけじゃなくて、魔獣達にまで好かれるのね」

「違いますよエリナーザお姉ちゃん、みんなが仲良くしてくれるんですよ」

エリナーザの言葉に、リルナーザは照れくさそうな笑みを浮かべた。

そんなリルナーザに、サベア一家の面々が嬉しそうに頬ずりをしていった。


定期魔導船の外を、ワインが飛翔していた。

背にドラゴンの羽を具現化させているワインは、

「あはは、楽しい！　楽しい！」

その顔に満面の笑みを浮かべながら、定期魔導船の周囲を旋回していく。

その後方を、ロップロンスが追いかけていた。

「わ、ワインちゃん、早く魔導船に乗らないと出発してしまうっシャよ」

「大丈夫、大丈夫！　その時は魔導船と一緒に飛んで帰るの！　飛んで帰るの！」

そう言いながら、ワインはロップロンスの近くへ飛翔していく。

「ね？　ロプロプも一緒に行こ？　行こ？」

そう言って、ロップロンスの手を摑む。

そのまま、ワインは勢いよく定期魔導船の周囲を飛翔していく。

「ちょ、ちょっとワインちゃん……そんなこと言われたら困るっシャ⁉」

ロップロンスは困惑した声をあげながら、耳まで真っ赤にしていた。

そんなロップロンスを、ワインは楽しそうに振り回し続けていた。


定期魔導船の外を飛翔しているワインの姿を、タニアがじっと見つめていた。

（……今日は穿いていらっしゃいますね……）

そんなことを呟《つぶや》きながら、タニアは満足そうに頷く。

その後方に、一人の女が姿を現した。

背に使い魔の羽を具現化させているその女は、タニアの隣へ歩み寄っていく。

「やぁ、タニアライナ。久しぶりだね」

「……失礼ですが、どちら様でしたでしょうか？」

「君の元同僚だったゾフィナじゃないか……まだ思い出してもらえないのかい？　それとも忘れたふりをしているのかい？」

その顔に苦笑を浮かべながら、タニアに声をかけていく神界の使徒の女――ゾフィナ。

かつて、女神からの命令を受けてフリオ宅を訪れたタニアは、ワインと激突した拍子に記憶の一部を失ってしまい、その際に介抱をしてくれたフリオの下でメイドのタニアとして生きて行くことを選択したのであった。


「……それで、その神界の使徒のゾフィナ様が、フリオ様のメイドの私に何の御用でしょう？」

タニアの言葉に、ゾフィナは少し寂しそうな笑みを浮かべる。

（……どうあっても、タニアライナとして会話をしてはもらえないか……）

「いや、大した用事ではないのだが……最近は血の盟約を破る輩《やから》が多くてね、罰則を与えにいく使徒が足りなくて困っているんだ……先日もコレクタブルという魔族の執行を行ったんだけど、この一週間で八件目でね、君が血の盟約の執行管理人に復帰してくれれば、私の負担も軽減されてとても助かるんだが……」

「そうですか。ですが、私はその血の盟約の執行管理人というものを存じ上げておりませんので」

タニアはゾフィナに向かってスカートの裾を持ち上げ、恭しく一礼する。

「そうですか……記憶にないのでは仕方ありませんね」

ゾフィナはそう言うと、使徒の羽を羽ばたかせながら宙に舞っていく。

その手を一振りすると、姿はかき消えていった。

タニアは、ゾフィナが消えたあたりを見つめながら、再び一礼していった。


フリオは、船内を見回しながらその顔に飄々とした笑みを浮かべていた。

「旦那様、今回は楽しかったですね」

そんなフリオの下にリースが笑顔で駆け寄ってきた。

「そうだね、バーベキューや海水浴も楽しめたしね……ちょっとトラブルもあったけど」

苦笑しながら、ウインドウを開くフリオ。

ウインドウの中には、厄災魔獣の姿が表示されていた。

「旦那様、家に帰ったらこの魔獣をどうなさるのですか？」

「そうだね……この魔獣の肉にはいろいろな効能があることがわかったし、まずはその肉を使った薬剤の生成の実験をして、それから体内にある魔石を使って定期魔導船のパワーアップを……」

ウインドウを指さしながら、フリオは楽しそうに説明していく。

そんなフリオの説明を、リースは興味深そうに聞いていた。

「……ごめん、ちょっと夢中になって語っちゃったけど、こんな話、退屈だよね」

「そんなことありませんわ。旦那様のお話をお聞きするのも、とっても楽しいですわ」

フリオの言葉に、リースは満面の笑みを返す。

そんなリースの笑顔を、フリオはいつもの飄々とした笑みを浮かべながら見つめていた。

ほどなくして、定期魔導船が発着タワーから離れて雲の上に向かって上昇しはじめた。

フリオ一行を乗せた定期魔導船は、あっという間に、雲の彼方《かなた》へと消えていった。

◇その夜・クライロード城姫女王の私室◇

「はぁ!?」

第二王女は、啞然とした表情をその顔に浮かべていた。

「あ、あの……私、何か変なことを言いましたでしょうか?」

そんな第二王女の前で、姫女王は困惑した表情を浮かべながら第二王女へ声をかけていく。

姫女王の前で、第二王女はがっくりと肩を落とした。

「あのさぁ……キス《そこまで》しておきながら、それ以上何もしなかったって、マジなんなの?」

「な、何もしなかったって……が、ガリルくんは紳士ですので……」

「紳士も何も……据え膳食わなすぎじゃない」

「す、据え膳って……ちょっとルーソックってば、何を言っているのよ!?」

第二王女ことルーソックの言葉に、姫女王は顔を真っ赤に染めた。

その言葉に、ルーソックは大きなため息をつく。

「……駄目だ……このままじゃ姫女王姉さんは一生結婚出来ない……一生プラトニックだ……」

「い、一生プラトニックって……本当に何を言っているのよ……それに、私だって色々考えているんですからね！　今回だって、ガリルくんのご両親と色々お話しして、距離を……」

「あ～……もう、もどかしいったらありゃしない！」

そう言うと、姫女王の肩をガッシと摑んだ。

「……これはもう、私が一肌脱ぐしかないわね、うん」

そう言いながら、不敵な笑みを浮かべているルーソック。

「ひ、一肌って……一体何を考えているのよ……」

ルーソックの不気味な笑いを前にして、背筋が冷たくなるのを感じている姫女王だった。

エピローグ ∞

◇ホウタウの街・フリオ宅◇

「ただいまぁ！」

朝早いフリオ家の扉を開けて、ガリルが元気な声をあげた。

「あ！　ガリルお兄ちゃん！　お帰りなさぁい！」

そこに、リルナーザが笑顔で駆け寄っていく。

その後方から、一角兎《ホーンラビット》姿のサベアと、その奥さんのシベアも駆け寄っていく。

さらにその後方から、二匹の子供達《たち》スベア・セベア・ソベアの三匹が続いて駆け寄った。

「みんな出迎えありがとう」

ガリルが笑顔でお礼を言うと、五匹は二足で立ち上がり、その場で「フンス！　フンス！」と誇らしげな鳴き声をあげる。

「ガリルお兄ちゃん、エリナーザお姉ちゃんは？」

「今日はフリース雑貨店に寄ってくるみたいだよ」

「あ、そうなんですね」

そんな会話をしながら、ガリルはリビングに上がる。

「お帰りガリル」

そこにフリオが姿を現した。

「ただいま、父さん」

フリオに挨拶を返すガリル。

そんなガリルの前、フリオの後方から一人の女性が姿を現した。

「……え？」

その女性の姿を見たガリルは、思わず目を丸くした。

「あ、あの……お、お帰りなさいガリルくん」

ガリルの前に姿を現したのは、姫女王その人であった。

「え、エリーさん？　な、なんでウチにいるの？」

ガリルの顔に、困惑と喜びが入り交じった表情が浮かんだ。

そんなガリルの前で、姫女王は恥ずかしそうに頬を赤くしながら俯《うつむ》いている。

「姫女王さんがね、国民の生活をより深く知るために、休日の時だけ共同生活をさせてもらえる一般家庭を探していたそうなんだけど、我が家でその生活を送らせてもらえないかって相談されてね。とりあえず、まずはお試しからはじめてもらうことにしたんだけど、ガリル的にはどうかな？」

言葉を発することが出来ない姫女王に変わって、フリオがいつもの飄々《ひょうひょう》とした笑みを浮かべながらガリルに説明していく。

(……き、共同生活を企画したのは、ルーソックなのですが……)

フリオの説明を聞きながら、内心でそんなことを考えていた姫女王だった。

カルゴーシ海岸で姫女王とガリルの間にほとんど進展がなかったことに危機感を募らせたルーソック。

『これはもう、姫女王姉さんとガリルくんに、一つ屋根の下で共同生活をおくらせるしかない』

その計画を実行するため、もっともらしい理由を考えて、フリオに相談を持ちかけたのであった。

「あ、あの……共同生活を送らせて頂くにあたりまして、私は姫女王としてではなく、一女性のエリーとして接して頂けたら幸いです……」

変装のつもりなのか、伊達《だて》眼鏡をかけている姫女王は、上目遣いでガリルのことをみつめていく。

そんな姫女王の視線の先で、ガリルは嬉《うれ》しそうな笑みを浮かべた。

「もちろん大歓迎だよ！　断る理由なんてひとつもないじゃないか」

満面の笑みを浮かべながら姫女王の下へ駆け寄ると、ガリルはその体を抱き上げる。

「え？　あ、あの……が、ガリルくん!?」

今度は姫女王の顔に困惑と喜びが入り交じった表情が浮かんだ。

そんな姫女王を、ガリルは笑顔で抱き上げ続けている。

「エリーさん、楽しそうにしているところ申し訳ないのですが、こちらの手伝いをお願いしてもいいですか？」

台所から顔を出したリースが、笑顔で姫女王に言葉をかけた。

「あ、は、はい！　た、ただいま！」

床の上に降り立った姫女王は、慌てながら台所へ向かって駆けむ。

「とりあえず、今日は野菜の皮剝《かわむ》きをお願いしますね」

「は、はい、わかりました……って……あ、あの、これを全部ですか？」

「えぇ、我が家は大家族な上に、たくさん食べる人が多いですからね、よろしくお願いしますね」

「は、はい！　頑張ります！」

背筋をピンと伸ばしながら姫女王が返事をする。

包丁を手にすると、リースから手渡されたジャルガイモが詰まっている籠からジャルガイモの実を取り出していく。

その皮を真剣な表情で剝く姫女王。

手際こそ、おぼつかないものの、姫女王は一生懸命に作業をこなしている。

そんな姫女王の様子を、フリオとガリルは台所の入り口から笑顔で見つめていた。

「エリーさんも、色々頑張ってるみたいだね」

「そうだね……僕も、エリーさんに負けないように、クライロード騎士団学院に入学出来るように頑張らないと」

そう言うと、玄関に向かって駆け出していくガリル。

「父さん、晩ご飯までの間に、魔法を教えてくれないかな？　飛翔《ひしょう》系の魔法がまだまだ苦手で困っているんだ」

「わかったよガリル。じゃあ表に出ようか」

笑顔のガリルに、いつもの飄々とした笑みを返していくフリオ。

（……ガリルも、いつの間にか成長していたんだな……）

そのことを噛《か》みしめながら、フリオはガリルの後を追い、玄関の外へ出ていった。


ガリルとフリオの姿を、夕日が照らしていた。

その夕日の中、夕食の準備が出来るまで、ガリルはフリオの指導を受けながら飛翔魔法の練習に明け暮れていった。

やがて、帰宅したエリナーザや、ヒヤ、ダマリナッセといったメンバーもその特訓に加わっていく。

いつしか、フリオ家の前庭には多くの人達が集まっていた。

それが、フリオ家のいつもの光景だった。

◇とある森の奥深く◇

とある地方のとある森の中、木々が囲む一角にこぢんまりとした木造の小屋が一軒建っていた。

この小屋……

元魔王軍四天王の一人であった双頭鳥《そうとうちょう》フギー・ムギーが人族に変化した姿で暮らしていた。


その小屋の上空を、一隻の定期魔導船が飛行していく。

「パパ！　みてみて！　おっきなお船が空を飛んでます！」

一人の男の子が、嬉《うれ》しそうな声をあげながら上空を指さしていた。

「「大きな船なりか？」」

その声を聞いたフギー・ムギーが、小屋の中から姿を現した。

その正体が二つの首をもつ巨大な魔鳥であるフギー・ムギーは、人族の姿をして話をすると、声が二重に聞こえる。

しかし、男の子はそのことを特に気にする様子もなく、フギー・ムギーの手を取って庭へと誘う。

「「ほんとなりね、大きな船なり」」

「パパ、あの船、すごいですね！　ボクもあの船に乗ってみたいです！」

「う～ん、あの船なりか……お～い、カーサ」

小屋の中に向かって声をあげるフギー・ムギー。

「なぁにぃ？　フーちゃん。晩ご飯の準備で忙しいんだけど」

その声に応じるように、小屋の窓から一人の女性が顔を覗《のぞ》かせた。


カーサと呼ばれたこの女性。かつて、近くの村で農家を営んでいたカーサである。


「あのさ、あの船ってなんなりか？　知ってるなり？」

「あぁ、あれってきっと定期魔導船ね。村でも話題になってたけどさ、なんでもホウタウって街にあるフリース雑貨店ってところが運営しているみたいよ」

「あの船に、フッカが乗りたいっていってるなりが、どうやったら乗れるなりか？」

「そうねぇ……ホウタウの街まで行けば確実にわかると思うけど……ねぇ、シーノ、あなた知らない？」

庭の奥に向かって声をかけるカーサ。

すると、背中に赤ん坊を背負った、司祭服姿の女性が歩み寄ってきた。

シーノと呼ばれたこの女性。カーサが住んでいた村で司祭をしていた女性である。

「定期魔導船ですか……私も教会の噂話《うわさばなし》でしか聞いたことがないのですが……あ、ちょっと待ってください!?　せ、背中が生温かくて……これって、ムーノが粗相をしたのでは……」

背負っている赤ん坊を慌てて降ろすシーノ。

「あらあら、やっぱりお漏らししちゃったのねぇ……ホント、やんちゃなんだからムーノってば。でも、旦那様に似ていてとても愛《いと》おしいですわ」

頬を赤らめながら、赤ん坊——ムーノのおむつを、シーノは手慣れた様子で交換していく。

「ただいま帰りました」

そこに、一台の荷馬車が入ってきた。

巨大な魔獣馬に引かれている荷馬車、その操馬台に座っていた女性が、大きなお腹《なか》を気にしながら地面の上に降りる。

「「マート、もうすぐ産まれるなりから交易には行かなくてもいいっていったなりよ」」

その女性——マートの下にフギー・ムギーが駆け寄った。

マートと呼ばれたこの女性。森の中で山賊に襲われそうになっていたところをフギー・ムギーに助けられて以降、この小屋で暮らしていた。

「いえいえ、こうして妻としておいて頂いているのですもの、出来る限りまでお役にたたせてくださいませ」

「「妻に迎えたのはボクなりから気にしなくてもいいなりよ。それよりも、マートの体の方が心配なりから、くれぐれも無理はしてほしくないなり」」

フギー・ムギーの言葉に呼応するかのように、周囲に集まってきた魔獣達《たち》も一斉に頷《うなず》く。

「フギー・ムギー様、それに皆さんもありがとうございます。無理ない範囲で頑張らせていただきますので。あ、定期魔導船が飛んでいますね」

空を見上げたマートが、上空を飛行している定期魔導船を指さした。

「「そうなり。あの魔導船にフッカが乗りたがってるなりけど、どうやったら乗れるかマートは知らないなりか？」」

「あ、それでしたら、今日の交易の際に聞いたのですが、村の役場でチケットが買えるみたいですよ。ただ、乗船するには山向こうの街まで出向く必要があるみたいですけど」

「「そうなりか。じゃあ、今度行ってみるなりか」」

「でもフーちゃん。山向こうまで行くとなると結構大変じゃない？　魔獣達がいくら足が速いっていっても、二日はかかるじゃない？　出産間近のマートもいるし、そんなに長い時間留守にするのはどうかと思うんだけど」

「カーサさん、私のことはお気遣いなく。お留守番は私に任せて、皆さんで行って来てくださいませ」

にっこり笑みを浮かべるマート。

そんなマートの下に、フギー・ムギーが歩み寄った。

「「みんな家族なりよ。一人だけ置いていくのは嫌なりね」」

フギー・ムギーの言う通り……

三人まで妻を娶《めと》ることが許されている魔族のフギー・ムギーは、カーサ・シーノ・マートの三人を妻に迎え、この小屋で暮らしており、それぞれに子供も出来ていたのであった。

「フギー・ムギー様……お心遣いはありがたいのですが……」

「「心配しなくてもいいなりよ、こうすれば半日もかからないなりから」」

そう言うと、大きく体を震わせたフギー・ムギー。

すると、その体が黄金に輝き、双頭の巨鳥へ姿を変えていった。

「「さ、みんな乗るなりよ」」

フギー・ムギーは羽を地面に横たえ、自らの背に乗りやすいように体を低くする。

「ありがとフーちゃん！　さ、フッカ、パパの背中に乗るよ」

「うん、わかった！」

「さぁ、マートさん、手を引いてあげますから、気を付けて乗ってくださいな」

「ありがとうございます、シーノ様」

フギー・ムギーの背に、次々に乗り込んでいく面々。

「みんな乗ったなりか？　しっかり毛を摑《つか》んでおくなりよ」

「わかったよ、フーちゃん。フッカもしっかり持つんだよ！」

「はい、大丈夫ですわ」

「失礼して、毛を持たせて頂きます」

三人からの返事を確認すると、フギー・ムギーは巨大な羽を羽ばたかせていく。

「じゃあ、山向こうまでひとっ飛びなりよ！」

宙に浮かんだフギー・ムギーの巨体は、あっという間に定期魔導船よりも高く舞い上がった。

「わぁ、すごいすごい！　定期魔導船よりもすごいよパパ！」

定期魔導船の上空へと舞い上がっていく様子を見つめながら、フッカが歓声をあげる。

「あはは、まだまだ上昇出来るなりよ。みんな、しっかりつかまっているなりね」

「うん！」

フギー・ムギーの言葉に、笑顔で頷くフッカ。

フギー・ムギーは、さらに上昇を続け、あっという間に雲間を抜けていく。

「フッカ、定期魔導船より、パパに乗っている方が楽しくない？」

「うん！　そうだねママ！」

カーサの言葉に、フッカが笑顔で頷く。

「ムーノも嬉しそうですわ」

シーノに抱っこされている赤ん坊のムーノも、キャッキャと嬉しそうな声をあげていた。

「私も、早く赤ちゃんと一緒にこの光景をみたいですわ」

カーサとシーノの様子を交互に見つめながら、マートも笑みを浮かべている。

そんな一同を乗せたフギー・ムギーは、速度を速めながら上空を滑走していった。

「……って、フーちゃん!?　行き過ぎ行き過ぎ！　もう山三つは超えちゃってるってば!?」

「「な、なんなりか!?」」

「カーサさん、今日のところは、このまま空の旅を楽しんでもいいのではないですか？」

「私も、シーノ様の意見に賛成ですわ」

二人の言葉を受けて、カーサは自分が抱っこしているフッカへ視線を向けた。

「フッカも、それでいい？」

「うん！　定期魔導船にもいつか乗ってみたいけど、今日はパパと一緒に飛びたい！」

嬉しそうな笑みを浮かべるフッカ。

その背には小さな羽が生えており、それをパタパタと羽ばたかせていた。

魔族であるフギー・ムギーの血を色濃く受け継いでいるフッカは、その背にフギー・ムギーの羽を受け継いでいたのであった。

「じゃ、フーちゃん、そういうわけで、今日は目一杯かっとばしてくれるかな?」

「「わかったなり! まかせるなりよ」」

一鳴きすると、フギー・ムギーは再び加速していく。

その姿は、あっという間に遥《はる》か彼方《かなた》へと消えていった。

◇同時刻・定期魔導船の中◇

フギー・ムギーの小屋の上空を飛行していた定期魔導船の操舵《そうだ》室。

そこに、魔忍グレアニールの姿があった。

――グレアニール。

元魔王軍諜《ちょう》報《ほう》機関「静かなる耳」の一員。

魔王軍を脱退した後「静かなる耳」の者達とともにフリース雑貨店に就職。

運搬業務を担当しつつ各地の情勢を諜報する役目もこなしていた。

「先ほどの魔獣は……ひょっとして、元四天王フギー・ムギー様だったのでは……」

定期魔導船の横を猛スピードですり抜けていった巨大な魔鳥が飛び去った方向を見つめながら、グレアニールは目を丸くしていた。

「……他の魔忍達からの報告では、人里離れた山林の中で隠遁《いんとん》生活を送っていると聞いていましたが……まさかこのあたりだったとは思いませんでした……」

「まぁ、どちらにしても、敵意はないみたいだし、気にしなくてもいいんじゃないか？」

グレアニールの下に歩み寄って来た男が笑顔で声をかけた。

「ダクホースト様……そ、そうですね……あの速度で飛び去られては、この魔導船では追いつけませんし、帰還したら、フリオ様に報告することにいたします」

「そうだな、それでいいんじゃないか」

グレアニールの言葉に、ダクホーストは大きく頷く。

そんなダクホーストの横顔を、横目でチラ見するグレアニール。

「……と、ところでダクホースト様……何故《なぜ》、私が操舵する定期魔導船に乗船なさっておられるのですか？」

「何故って……定期魔導船の操舵はフリオ様の訓練を受けたお前達魔忍族が受け持ち、万が一に備えた護衛役として、俺達、ビレリー牧場魔獣馬部隊が同乗することになっているじゃないか」

「いえ……私が疑問に感じているのはそこではなくてですね、当初の予定では、同乗するのはウドクーバ様だったはずですが……」

「あぁ、アイツの都合が悪くなってな。俺が代わりってわけなんだが……なんかまずかったか？」

「いいい、いえ……べべべ、別にまずいわけではございません……む、むしろ、荷馬車時代から頻繁にご一緒させて頂いておりましたので、安心していると申しますか……」

（……そうなのです……この魔導船が稼働する以前は、荷馬車による運搬を行っていたのですが、何故かダクホースト様とペアになることが多かったのです……むしろ、ダクホースト様と一緒でなかったことの方が少なかったといいますか……だ、ダクホースト様が、私と一緒になるために意図的にそうなるように調整しているというのは、以前盗み聞きしてしまったことがあるのですが……まままま、まさかいまだにそれを続けておられるというのでしょうか……）

そんなことを考えているグレアニール。

その隣に立っているダクホーストもまた、グレアニールの横顔をチラチラと見つめていた。

（……グレアニールが魔導船の操舵係に回ったせいでどうなることかと思ったけど、護衛任務があってよかった……そのおかげで、今まで通りグレアニールと一緒の任務に就くことが出来るからな……とはいえ、その度に食事に誘ったりしてはいるんだが……どうにもいい返事をもらえないんだよな……さて、どうしたものか……）

腕組みしながら、あれこれ考えを巡らせているダクホースト。

その横で、意図的にダクホーストのことを意識しないようにしているグレアニール。

そんな二人の乗った定期魔導船は、山林の上空を順調に飛行していた。

◇ホウタウの街・ホウタウ魔法学校◇

「……これ、どういうことなのかしらねぇ……」

校長室の椅子に座っているニートは、目が点になっていた。

元魔王軍四天王の一人だった蛇姫《へびひめ》ヨルミニート。

魔王軍を辞した後、紆余曲折《うよきょくせつ》を経てホウタウ魔法学校の教員から校長に昇任していた彼女。

そんな彼女の眼前には、書類の山が置かれていた。

「どうもこうも、お仕事ざます」

そんなニートの横に立っていたザーマスが、眼鏡をクイッと押し上げながら一礼した。

このザーマスもまた、魔王軍時代のヨルミニートの側近を務めていた魔族であり、ニートと一緒に魔王軍を辞した後、ここホウタウ魔法学校の教員をしていた。

「……あのねぇザーマス……仕事なのはわかるけどねぇ……この量は異常じゃないかしらねぇ……」

「仕方ないざます。例の定期魔導船が就航したことで通学しやすくなったざます。その関係で、新規の入学希望者が急増した上に、他校からの交換留学生の打診や、姉妹校の申し出などが殺到しているざます」

「え～……」

ザーマスの言葉に、ニートは辟易《へきえき》した表情を浮かべる。

「あのねぇ……アタシはあくまでも、仕方なくホウタウ魔法学校《こ》《こ》の校長をしているだけなのよねぇ……本当はこんな仕事したくないのよねぇ……」

「でしたら、今からでも辞職して、冒険者に仕事換えでもするざますか？　ニート様がそのおつもりでしたら、このザーマスもお供するざます」

コンコン
その時、校長室の扉がノックされた。

「すいません、事務のタクライドですが、今いいですか？」

「えぇ、大丈夫ですよ」

「すいません、失礼します」

校長室内に、作業着姿のタクライドが入ってきた。

「申し訳ないのですが、この書類とこの書類に目を通して頂けますか？　それと、明日、緊急の職員会議がありますので、こっちの書類に目を通しておいてください。それから……」

ニートの前で、矢継ぎ早に書類を渡しながらタクライドは説明を続けていく。

それを受け取っているニートの手の中には、あっという間に書類の山が出来ていた。

……一刻後。

「……じゃあ、すいませんがよろしくお願いしますね」

一通り資料を渡し終えたタクライドは、頭を下げながら校長室を後にしていった。

後に残されたニートは、その顔に乾いた笑いを浮かべながら書類の山を見つめていた。

「ニート様、どうするさまずか？　その仕事をほっぽりだして逃げるざますか？」

ザーマスの言葉に、大きなため息をつくニート。

「そうしたいのは山々だけどねぇ……一応説明も受けちゃったし、会議にも出るって言っちゃったしねぇ……とりあえずこの仕事が終わるまでは頑張ろうかしらねぇ……」

椅子に座ったニートは、ため息をつきながら書類の束へ目を通しはじめた。

ニートとザーマスがホウタウ魔法学校を辞める日は、まだまだ先になりそうだった。

◇フリオ宅前・ブロッサム農場の中◇

飛行している定期魔導船の影が、ブロッサム農場に差し掛かった。

「おぉ、フリオ様の定期魔導船が出発したようでござるな。ふふふ、胸が熱くなるわい」

農場で収穫作業を行っていたホクホクトンは、額の汗を拭いながら空を見上げていた。

――ホクホクトン。

魔族のゴブリンにして元魔王軍の兵士。

仲間だったマウンティ一家とともにブロッサムの農場で住み込みで働いている。

「あぁ、これでワシらが収穫した農作物を今まで以上に出荷することが出来るわけだな」

ホクホクトンの近くで作業していたマウンティが腕組みをしながら頷く。

――マウンティ。

魔族のゴブリンにして元魔王軍の兵士。

仲間だったホクホクトンとともにブロッサムの農場で住み込みで働いている。

同族の妻を持ち子だくさん一家の主《あるじ》でもある。

「うむ、まったくでござる」

マウンティの言葉に頷くホクホクトン。

そんなホクホクトンへ視線を向けたマウンティは、おもむろに眉間にシワを寄せた。

「……ところでホクホクトンよ……あの女をどうするつもりなのだ？」

マウンティが指さした先に、一人の女の姿があった。

その姿を見たホクホクトンもまた、その眉間にシワを寄せた。

「うむ、それなのでござるが……あの女、いくら言っても出て行こうとしないばかりか、料理は作れぬ、洗濯は出来ぬ、隙あらば拙者の秘蔵の酒を盗み飲むばかりで……ほとほと困り果てているのでござる」

苦々しく言い放つホクホクトン。

そんな二人の視線の先にいたのは、テルビレスだった。


――テルビレス。

元神界の女神。

神界を追放され行き場をなくし、現在はホクホクトンの部屋に居候している。


畑でいそいそと動き続けるテルビレスは、一見すると農作業を手伝っているように見えるのだが……よく見ると、同じ場所で立ったり座ったりを繰り返しているばかりで、その横におかれている籠の中に収穫物が入っている様子がまったくなかったのであった。

ホクホクトンはそんなテルビレスの下に歩み寄る。

「ちょっとよいでござるか？　テルビレス殿」

「え？　何～、あ、ホクホクトンちゃんじゃないのぉ」

ふらつきながら振り返ったテルビレス。

よく見ると、その顔は赤く染まっており、息が妙に酒臭かった。

「うぬ……お主、まさか作業をしているフリをしながら酒を飲んではおるまいな？」

「え～、そんなわけないでしょう～、こうしてぇ、ちゃあんと農作業のお手伝いを……ヒック……していないじゃないれすかぁ」

ホクホクトンは呂律《ろれつ》が回っていないテルビレスの姿を凝視する。

その目がキラッと光った。

「なら、これはなんでござるか！」

飛び上がり、テルビレスの胸元に腕を突っ込むホクホクトン。

「やぁん!?　ホクホクトンちゃんのエッチィ」

慌てて胸元を押さえるテルビレス。

しかし、それよりも早く、ホクホクトンの腕がテルビレスの胸の谷間から何かを引っ張り出した。

そこにあったのは、酒の入った小瓶だった。

「まったく！　瓶の先にチューブをつけて、そこから酒を飲んでおったでござるな！　しかもこの酒は、拙者が床下に隠しておいた秘蔵の一品ではござらぬか！」

「だってぇ、このお酒すっごく美味《おい》しいんだもん。飲むなって言われて飲まないわけにはいかないでしょう？」

テルビレスが真顔で言い切った。

「馬鹿者！　だからお主は駄女神と言われるのでござる！　とにかく、この酒は没収だ！　没収！」

「え〜、そんな殺生なぁ」

酒を持って立ち去ろうとするホクホクトン。

テルビレスは、その足にすがりつきマジ泣きしていた。

そんな二人の様子を、マウンティは苦笑しながら見つめていた。

「うむ……絶賛花嫁募集中のホクホクトンが、胸の谷間に腕を突っ込んでも何もしないとは……」

マウンティの隣に、その妻が歩み寄っていく。

「ホクホクトンさんとテルビレスさん、結構お似合いだと思うのですけどねぇ」

「同じ部屋で寝起きしているのに、そういった関係もないようだし。はてさて、これからどうなるのやら」

そんな会話を交わしているマウンティ夫婦の視線の先で、ホクホクトンは足にしがみついているテルビレスをどうにかして振りほどこうとしていた。

そんな一同の上空を、定期魔導船が陽光を浴びながら通過していった。

◇ホウタウの街・フリオ宅◇

子供達は学校へ。

そしてフリオ達が仕事に出かけている平日の日中。

フリオ家のリビングには、ヒヤとタニアの姿があった。

机を挟んで、向かいあわせで座っているヒヤとタニア。

「……タニア様、今日はひとつ確認させて頂きたいことがございます」

「はい、なんでございますか？」

「えぇ……タニア様は、至高なる御方《おんかた》のメイドとして、この家の家事をしてくださっているのですが……それは今まで私の仕事でございました。ゆえに、今後は控えて頂きたいと思っております」

ヒヤは静かな口調でタニアに語りかける。

そんなヒヤの前で、恭しく一礼するタニア。

「お言葉ですが……フリオ様のメイドとして、この家の家事仕事を譲ることは出来ません」

「……どうしても、ですか？」

「えぇ、どうしても、です」

二人は互いにきっぱりと言い切ると、テーブルを挟んで視線をぶつけ合う。

「仕方ありませんね……ここは、公平に第三者の判断を仰ぐことにする、というのはいかがでございますか？」

「そうですね……ヒヤ様の修錬の友の方以外であれば、どなたでもかまいません」

ヒヤとタニアが互いに頷きあう。

「で、どなたに判断してもらうのですか？」

「……そうですね……では、この方でいかがでしょうか？」

そう言うと、ヒヤがリビングの一角を指さした。

その先には、リビングの脇でゴロゴロしているサベアの姿があった。

「サベア様ですか……問題ありません」

「では、早速……」

頷き合うと、サベアの下に歩み寄っていく二人。

ヒヤは、サベアの脇に手を入れて抱き上げた。

「ふんす？」

何事かと、サベアは首を傾《かし》げながらヒヤのことを見つめる。

「サベア、あなたはこの家の家事をするのは私とタニア様のどちらがふさわしいと思いますか？」

「ふんす？」

サベアは首をひねりながら、ヒヤとタニアの顔を交互に見つめる。

しばらく、二人の顔を交互に見つめ続けていたサベアは、

「ふんす！」

大きく一鳴きすると、ヒヤの手から飛びおり、玄関に向かって駆け出した。

サベアが向かっていく先に、

「ただいま帰りました」

リルナーザが姿を現した。

サベアは、そんなリルナーザに向かって飛びついた。

「あ、サベア。お出迎えありがとうございます」

笑みを浮かべながら、サベアを抱きしめるリルナーザ。

ヒヤとタニアは、そんなリルナーザとサベアの様子をリビングから見つめていた。

「……今日のところは引き分け、ですかね」

「えぇ、そうですね……依存ありません」

ヒヤとタニアは、互いに頷きあったのだった。

◇ホウタウの街・フリオ宅◇

この日のフリオ宅には、姫女王ことエリーの姿があった。

普段は、姫女王としてクライロード魔法国の国政全般に関する仕事をこなしていた。

忙しい日々の合間を縫って、週に一回程度の頻度でフリオ家に出向き、その一員としてフリオ家の家事を手伝っていた。

この日の姫女王は、夕食後のリビングの机をリルナーザと一緒に拭いていた。

「エリーお姉ちゃん、そっちもお願いしてもいいですか？」

「は、はい、わかりました」

リルナーザの言葉を受けて、エリーが机の端の方を拭いていく。

そんなエリーの様子に、リルナーザはどこか申し訳なさそうな表情を浮かべていた。

「あ、あの……こ、この国の一番偉い人に、こんなことをお願いしてしまって、ごめんなさい」

両手を体の前で組み合わせ、深々と頭を下げるリルナーザ。

「そ、そんなに他人行儀にしなくても……こちらにお邪魔させて頂いている間は、家族の一員として接してくれてかまいませんから」

エリーが慌てた様子で、リルナーザに声をかける。

そんなエリーを、リルナーザは上目遣いで見つめていく。

「あ、あの……そ、それじゃあ、一つお聞きしてもいいですか？」

「はい、私でお答え出来ることでしたら、何でも聞いてくださいね」

笑顔で頷くエリー。

そんなエリーを前にして、しばらくの間モジモジしていたリルナーザなのだが、

「あ、あの……そ、それじゃあ、思い切ってお聞かせ願いたいのですけど……」

リルナーザはそう言うと、そっとエリーの下へ歩み寄る。

恥ずかしいのか、エリーの耳元に口を寄せ、周囲に声が漏れないように両手を添えた。

「あ、あの……エリーお姉ちゃんと、ガリルお兄ちゃんは、いつ結婚するんですか？」

「ぶふぅ……!?」

リルナーザの言葉に、エリーは思いっきり吹き出した。

咳《せ》き込み、むせ返りながらも、エリーはリルナーザへ視線を向ける。

慌てふためいているエリーを前にして、オロオロしているリルナーザ。

「あ、あの……ご、ごめんなさい、あの、私……何か変なことを聞いてしまったんでしょうか!?」

慌てふためきながらリルナーザは何度も頭を下げる。

「あ、あの……そ、そんなに謝らなくてもいいのよリルナーザさん……あ、あの……わ、私もですね……いつかガリルくんのお嫁さんに……」

エリーが、そこまで口にした時だった。

「ただいま」

リビングの中に帰宅したガリルとフリオが入ってきた。

「ぶふぅ……!?」

いきなりのガリルの出現に、エリーが咳き込みむせる。

「あれ？　エリーさん、どうかしたの、体調が悪いのかな？」

慌てた様子でガリルがエリーの下に駆け寄った。

「あ、あの……そんなに大したことはないんです、ちょっとびっくりしたと言いますか……あの……」

恥ずかしさのあまり顔を真っ赤にしながら、エリーが顔を背ける。

そんなエリーの顔をガリルは心配そうにのぞき込んでいく。

「気のせいか、ちょっと顔が赤い気がする……ひょっとして熱があるのかも」

そう言うが早いか、ガリルは自らの額をエリーの額にあてがった。

（……え？）

エリーはしばらくの間、自分の身に何が起きているのか理解出来なかった。

ほどなくして、ガリルはエリーから額を離した。

「うん……熱はなさそうだけど、あんまり無理はしない方が……」

（……が、ガリルくんの額が……私の額に……）

ここに来て、ようやく自分の身に何が起きたのかを理解したエリーは、その場で意識を失ってしまい、後方に倒れ込む。

「え、エリーさん!?」

ガリルは慌ててエリーの体を支える。

その腕の中で、エリーは力なく倒れていた。

「エリーさん？　ちょっとエリーさん、大丈夫？」

慌てた様子でエリーの顔をのぞき込んでいくガリル。

そんなガリルとエリーの様子を、フリオは後方から見つめていた。

（……う～ん……魔法でエリーさんの目を覚ますのは簡単だけど……この状態で目を覚ましたら……『ガリルくんに抱きかかえられている』となって、再び気絶してしまうのは間違いないよな……さて、どうするのがいいんだろう……）

エリーに向かって右手を伸ばしてはいるものの、いろいろなことを考えすぎて、フリオは何も出来なくなっていた。

（……これは、魔獣を捕縛するよりも難しいかもしれないな……）

そんなことを考えながら、フリオは最善策を必死になって探し続ける。

「旦那様、どうかなさったのですか？」

そこに、台所で片付けをしていたリースが駆け寄ってきた。

「あ、いや……エリーさんがちょっとね……」

苦笑しながら、ガリルに抱かれたまま意識を失っているエリーへ視線を向けるフリオ。

「まぁ、エリーさんったら、また意識を失ってしまったのですか？」

クスクス笑いながら、リースはエリーを見つめている。

「え？　またってことは、エリーさんは、そんなに頻繁に意識を失っているのかい？」

「えぇ、結構頻繁なんですけど……」

そこで、リースが楽しそうに笑いはじめた。

「それがですね……ガリルが側《そば》に近寄ると、しょっちゅう意識を失ってしまうんですよ」

「あぁ、そういうことなんだ……」

フリオはリースの言葉に納得した様子で頷いた。

「あ、あのさ……」

そんな二人の会話を聞いていたガリルは、思わず顔を赤くしていた。

「僕がいるところでそんな話をされたら……エリーさんが目を覚ました時に、どう接したらいいか困ってしまうじゃないか……」

「あら？　ガリルはそんなことを考えなくてもいいではありませんか」

「え？　そ、そうなの？」

「そうですよ、この先夫婦になるのでしたら、今から慣れておかないといけないことばかりではありませんか」

「た、確かにそうかもしれないけど……」

リースがそう言うも、ガリルは納得しきらない表情を浮かべていた。

「ねぇ、旦那様。旦那様もそう思いませんか？」

フリオへ視線を向け、にっこり微笑《ほほえ》むリース。

そんなリースの笑顔を前にして、フリオはその顔に苦笑を浮かべる。

「た、確かにそういう考え方もあるかもしれないね……」

フリオは言葉を濁しながらそう返事をした。

「……そういえば、前から聞いてみたかったんだけどさ」

ガリルは、フリオへ視線を向けた。

「父さんって、母さんにどうやってプロポーズしたの？……そ、その……こ、今後の参考として聞かせてもらえないかな、と思って……」

「え？　ぼ、僕とリースの？」

ガリルの言葉が予想外だったのか、思わず目を丸くするフリオ。

そんなガリルの横で、リースは頬を染めながらも胸を張った。

「旦那様、教えてあげればいいではありませんか。旦那様はまず体でもごご……」

「り、リース、ちょっとそこまでにしておこうか!?」

ドヤ顔で語ろうとするリース。

フリオはその口を慌てて押さえた。

「と、とりあえず、そのことはまた追々にってことで……」

引きつった笑みを浮かべながら、どうにかその場をごまかそうとするフリオ。

そんな会話が交わされている中……

ガリルに抱きかかえられているエリーは、すでに意識を取り戻していた……のだが……

（……ど、どうしたらいいのでしょうか……なんだか大切なお話をしている最中のような気がするのですが、ここで私が起きてもいいのでしょうか……それとも、もうしばらくの間、このままの方がいいのでしょうか……）

そんなことを考えながら、エリーは目を閉じ、気絶したフリをし続けていた。

そんなエリーは、目を閉じているため、自分がガリルに抱きかかえられていることにまだ気付いていなかった。

あとがき

この度は、この本を手にとっていただきまして本当にありがとうございます。

Ｌｖ２チートも今巻でついに十巻をお届けすることが出来ました。これもウェブ連載時から応援してくださっている皆様のおかげです。本当にありがとうございます。

今回も糸町《いとまち》先生作のコミカライズ版と同時発売になっており、私もとても楽しみにしております。

今巻でも、金髪勇者の活躍をお届けしつつ、フリオの息子ガリルと姫女王の関係がちょっとだけ進展した回になっております。

二人とも読者人気が高いキャラですので、今後の進展に関しても楽しみにしてくださると幸いです。

今回は、コミカライズ版『Ｌｖ２チート』三巻に加えて、コミックジャルダン様より『異世界屋台めし「えにし亭」』一巻も同時期に発売されます。こちらも何卒《なにとぞ》よろしくお願いいたします。

最後に、今回も素敵なイラストを描いてくださった片桐《かたぎり》様、出版に関わってくださったオーバーラップノベルス及び関係者の皆さま、そしてこの本を手に取ってくださった皆様に心から御礼申し上げます。

二〇二〇年七月　鬼《き》ノ城《じょう》ミヤ

Lv2からチートだった元勇者候補のまったり異世界ライフ 10

発行　2020年7月25日　初版第一刷発行

著者　鬼ノ城ミヤ
イラスト　片桐
発行者　永田勝治
発行所　株式会社オーバーラップ
〒141-0031
東京都品川区西五反田7-9-5

校正・DTP　株式会社鷗来堂
印刷・製本　大日本印刷株式会社

ISBN 978-4-86554-704-7 C0093

【オーバーラップ　カスタマーサポート】
電話　03-6219-0850
受付時間　10時～18時（土日祝日をのぞく）

作品のご感想、ファンレターをお待ちしています

あて先：〒141-0031　東京都品川区西五反田7-9-5 SGテラス5階　オーバーラップ編集部
「鬼ノ城ミヤ」先生係／「片桐」先生係

スマホ、PCからWEBアンケートにご協力ください

アンケートにご協力いただいた方には、下記スペシャルコンテンツをプレゼントします。
★本書イラストの「無料壁紙」　★毎月10名様に抽選で「図書カード（1000円分）」

公式HPもしくは左記の二次元バーコードまたはURLよりアクセスしてください。
▶ **https://over-lap.co.jp/865547047**
※スマートフォンとPCからのアクセスにのみ対応しております。
※サイトへのアクセスや登録時に発生する通信費等はご負担ください。

オーバーラップノベルス公式HP ▶ **https://over-lap.co.jp/lnv/**

異世界で土地を買って農場を作ろう
Let's buy the land and cultivate in different world
最強の《至高の担い手《ギフト》》で
ラクラク
農場開拓ライフ!
人魚やドラゴンの
美少女と送る
賑やか
スローライフ!
岡沢六十四
イラスト: 村上ゆいち
異世界へ召喚されたキダンが授かったのは、《ギフト》と呼ばれる、能力を極限以上に引き出す力。キダンは《ギフト》を駆使し、悠々自適に異世界の土地を開拓して過ごしていた。そんな中、海で釣りをしていたところ、人魚の美少女・プラティが釣れてしまい――!?
OVERLAP NOVELS

OVERLAP NOVELS
異世界でスロ～ライフを願望
いせかいで すろーらいふを （がんぼう）
I have a slow living in different world (I wish)
シゲ［Shige］
イラスト：オウカ［Ouka］
スローライフのカギは、美少女奴隷と『お小遣い《固有スキル》』!?
シリーズ絶賛発売中！
忍宮一樹は女神によって、ユニークスキル『お小遣い』を手にし、異世界転生を果たした。
「これで、働かなくても女の子と仲良く暮らしていける！」
そんな期待はあっさりと打ち砕かれる。巨大な虫に襲われ、ギルドとの諍いが勃発し——どうなる、異世界ライフ!?